女の人差し指

女人的食指

向田邦子

目次

Part Ⅱ 電視劇

Part Ⅲ 食物

Part Ⅳ 旅

導讀

生活，然後創作——向田邦子教我的事

傅天余（導演、作家）

向田邦子肯定是個食欲強大、脾胃健壯的女人，標準的吃貨一枚。從文字裡大量與食物有關的經歷與童年回憶、不厭其煩對某樣食物身世的追本溯源，可以輕易看出，向田邦子有多愛吃，能吃，懂吃。

她寫的劇本角色大多數也很重視吃。不論劇本或小說，總是有許多篇幅圍繞著餐桌周圍發生。她自己的理論是：

> 編劇的體質與個性，會反映在劇中人物上。胃不好的編劇寫的人物，好像總是會胃痛，氣勢上不來，收視率也欲振乏力。（〈家庭劇的謊言〉）

她甚至直言，寫作其實並非人生第一要務，做菜才是。

熱愛做菜的向田邦子跟妹妹曾經在東京赤坂經營一間小食堂，店名如其人坦率直接，就叫做「飯屋」。在〈「飯屋」繁盛記〉一文中，她叨叨絮絮說明開店理念：

> 難道就沒有那種美味便宜又乾淨、女人一個人也能放心光顧的日式飯館嗎？……坦白講，離開父母身邊十五年，替自己一個人煮飯也已厭倦了。再加上我生長在唯有餐桌特別熱鬧的家庭，外食和一湯一菜的簡餐總覺得吃起來很冷清……
>
> 精心挑選的米飯。煮魚和烤魚。當季小菜。可以的話，若能再來個高湯煮油豆腐或一小口咖哩，那就更好了。

向田邦子以文字創造的小宇宙若要影像化，肯定就像一間「飯屋」這樣的日式食堂，走庶民路線，任何時候肚子餓了，只要掀開暖簾走進去，誰都能無負擔地坐下來吃一頓家常料理。端上桌的食物都是老闆現做愛吃的，小生意背後的動機也非賺錢，而是許多曲折的心事與溫柔的考量。

我一直是忠實的向田邦子迷。當年她頂著響亮的名號現身，對向田邦子的第一印象是：日本張愛玲，知名大編劇。幾年下來一路追讀，到了這本由專欄文章集結而成的散文集，向田邦子依舊熱心聊著那些生活瑣事：編劇甘苦談、器皿、料理、旅行、開店經。忽然發現，我對向田邦子的印象這些年來在慢慢偏移，如今我心中的向田邦子，首先是一個生活家，再來才是傳奇女作家。向田邦子，根本是當今小日子生活美學的祖師奶奶。

其實我不太相信編劇可以教，但偶爾必須教人編劇的時候，我一定會叫學生讀她的書，尤其是散文。練習用生活細節去構成戲劇氣氛，是我總一再提醒學生必須下工夫的劇本寫作基本功，而向田邦子是高手中的高手。

一是材料，二是刀工。沒有三和四，五是器皿。這，是我的信條。材料絕不能小氣，要買最好的。（〈廚師志願〉）

向田邦子三言兩語的料理哲學，其實也正是編劇祕技。材料最大，唯有敏銳摘取來自生活的細節，精準處理，才可能凝鍊出觸動人心的故事。向田邦子永遠在示範這種功力，在她的小食堂中料理出一道道上乘的好滋味。

我靠寫字賺錢已有二十年，但比起拿筆的時間，拿筷子的時間肯定更長。長的是過日子，短的是創作。所有最戲劇的，都從最平常的日常茶飯事而來。

這是生活家向田邦子教我的。

編按：本書中部分文字在當今社會被視為歧視用語，但作者本意絕非要認同或助長歧視。同時，有鑑於作品的時代背景及作者早已過世，因此刻意保留文章發表當時的文字用語。

Part I

女人的食指

我是靠一支鉛筆慢慢賺錢，不可能買太貴的東西。買的都是每日三餐及小菜可以派上用場的碗盤，就算萬一破了，也不過說聲「啊，糟糕」，懊惱個半日時間就沒事了。全是那種即使客人失手打破，也不會因此懷恨在心的便宜貨。

武俠劇

有人自高處墜落，一時失去記憶。

「恢復意識後，頭一次看到筷子時，一下子不明白這是什麼東西、用來做什麼。雖然不明白，卻覺得非常懷念。懷念得眼淚都快掉出來了，明明就差那麼一點偏偏就是想不起來。別提那有多窩囊了。」

筷子，得知這個名稱，以及用途時，這個大男人據說開心得哭了。

我靠寫字賺錢已有二十年，但比起拿筆的時間，拿筷子的時間肯定更長。

總之，兩根筷子與日本人有難以割捨的關係。當然，論及筷子的用法，日本人和中國人一樣高明。

不過，說到刀叉，想當然耳只能對歐美人甘拜下風。

究竟是哪裡不同呢？

此前，約有二週時間，我有幸與外國人天天一起吃飯，於是趁機研究了一番。答案是，歐美人輕飄飄地拿刀叉，動作著實溫柔。反觀日本人，雖不至於像歌詞所寫的「右手血刀，左手韁繩」，但就是很僵硬。若將歐美人比作文弱公子的愛情戲，日本人就是武打戲。

打從在西餐的餐桌坐下，眼神就不同。

一副「我現在要出征」的表情。

右手持刀，左手持叉。切不可在禮儀上出錯，辱及子子孫孫——換言之是在盤子上演起武俠劇。

刀是劍，叉是刺股[1]。每次用餐就跟拿著殺人道具似的，切割獸肉戳刺蔬菜。有人說，這樣看似高雅實乃野蠻行為。

相較之下，筷子洗練之至，單憑兩根沒有刀刃的小棒子，可戳可拔可夾可割乃至吸啜，什麼動作都做得到。刀叉可沒辦法用來喝湯吧。而且，還有人說西洋人如果不用湯匙，恐怕連湯裡的料也撈不起來。

西方民族一旦聚集會先蓋教堂，同時建造屠宰場，飼養牛豬當食物，他們與先蓋寺廟及神社的日本人這種農耕民族的差異，或許就表現在刀叉與筷子上吧。

如今，日本人可能是在西式客廳、廚房，麵包與米飯並列，日常生活中也習慣同時使用筷子與刀叉、湯匙的少數民族吧。

東山三十六峰，

安靜沉眠的丑時三刻。[2]

鏘鏘鏘！唰個隆碰咚！

為何是這樣我也不知道。不知是從哪聽來的，總之我記得小時候，就是一邊這麼哼唱，一邊把舊報紙捲起來當作大刀玩武打。

「明明是女孩子家。女孩子就該像個女孩子，去玩洋娃娃。」

父母一旦發現就會這麼斥罵，把日本娃娃塞給我。

這種日本娃娃如果仔細看還真不得了。額頭的地方，用漿糊黏著馬桶蓋式的瀏海，雖然黏得很平整，但也許是漿糊品質不好，輕易便可揭起。祖母把飯粒磨碎做成「漿糊」，替我重新黏上，但一旦揭開後好像就養成習慣，沒幾天又掀開了。

娃娃不管是瀏海被掀掉還是變成光頭，依舊保持同樣的表情，睜著黑多白少的眼睛，挺詭異的。

在日本娃娃中，睡覺娃娃尤其可怕。

肚子的地方，塞了和紙做成的笛子，一按下去——

「啊——」

「媽媽！」

---

1 刺股，江戶時代用來逮捕犯人的武具，在長約二公尺的棒子前端附有U形鐵叉。

2 昭和初年（元年為一九二六年），播映以幕末新撰組（親幕府的武士組織）為題材的無聲電影時，負責旁白的辯士總會說這句台詞。

娃娃發出不知是撒嬌還是怨恨的聲音哭泣，把娃娃放倒，就會嘰隆一聲合上眼皮。一再這麼玩，久了，最後娃娃壞掉，變成一眼睜一眼閉，看起來更加詭異。

有一次看電視，正好是NHK針對家庭主婦播出的手工藝時間，教的是怎麼做布娃娃。

老師做出娃娃的脖子，正在教大家把脖子緊緊塞進開洞的身體，用線縫合。

這時在老師旁邊的是室町澄子這位主持人，她的表情不知該說是恐懼還是害怕還是悲哀，總之難以形容。

比起訴諸言語，她更細膩地表現出製作娃娃這種可愛的東西時避免不了的殘酷。電視，與其滔滔不絕，這種瞬間表情更有分量與說服力。

很久以前拜讀畫家風間完大師的隨筆，有這麼一段話：

「走在路上時，我會抱著劍客的心態，一邊斬殺錯身而過的人一邊向前走。男人都愛惹事生非所以要殺。女人最近也多半危險所以要殺。老年人感覺很差所以也毫不留情地斬殺。」

我的印象很模糊，記錯了還請原諒，但我看了這段話非常愉快。

如果看起來就很粗野像個流浪武士也就算了，這位可是跟他畫的作品一樣洗練時髦的畫壇大師。錯身而過的人，肯定作夢也想不到自己已在人家的想像中被斬殺了。

懂得這種樂趣的人，在他的字典裡想必不會有無聊二字吧。和不善應付的人一同開會，被迫聽人長舌時，我決定也失禮地練習一下這招拔刀術。

說到這裡，話題要回到武俠劇，劍與刀又一樣，輕輕握住毋需使蠻力似乎才是高明。

我猜宮本武藏的手上想必磨不出使劍的繭，佐佐木小次郎卻有相當可觀的老繭。

蜘蛛網

我曾住過院子很大的地方。

說大也就約莫兩百坪吧，但入手時還真花了不少錢。那是在戰後不久，舉國都很貧窮的時候，換新圓[1]的時代雖已結束，但要供四個小孩上學，似乎已無餘裕請園丁。

院子只有在正月新年時才像個院子，其他時間都呈現著雜草中稍可窺見茂盛松樹與石燈籠的狀態。

那是公司宿舍，所以訪客很多。父親命我們拔草。

「是。」

我們含糊回應。日本的戰敗，也為我家帶來微妙的後遺症。父親雖然依舊耀武揚威，但聲音已不如軍艦進行曲及英勇的大本營發表[2]時那麼有力。或許營養狀態也欠佳。我們在內心深處多少覺得「民主主義的時代已經來臨了」，所以本

1 一九四六年二次大戰結束後，日本因應通貨膨脹實施金融緊急措施發行新紙幣（新圓）。

2 太平洋戰爭期間，身為大本營的日本陸軍部及海軍部官方發表的戰況消息。

該回答「是！」結果卻變成嘴裡嚼著飯，含糊敷衍地回答「是」。

當然我們沒去拔草。

用明天要考試云云當藉口，四個小孩誰也沒動手。

唯有母親，戴著大大的遮陽帽，從儲藏室翻出滿是霉味的工作褲，自己去拔草。看到她被蚊蚋叮咬的地方紅腫，雖然暗自同情，但我還是很少幫忙。當時我要打工，要看所有的美國電影，熱中排球，所以捨不得把時間花在拔草上。

為人父母者，總會想出智慧的點子。

當四個小孩要求增加零用錢時，父親聲稱去拔草就給錢。金額不多，大約工人的三分之一，但是做得愈多零用錢就愈多。

「如何，要做嗎？」

「是！」

這次的回答顯然有精神多了。四人爭先恐後開始拔草。拔了一次之後，會有一週至十天都輪不到。但實際做過一次，才發覺這差事相當辛苦。最麻煩的是事後癢得要命。被蚊蚋叮咬會留下痕跡，做一次就怕了。偏又捨不得那筆錢。

這時，我從朋友那裡輾轉聽到一個說法。據說美國的藥品中，有一種除草劑。於是我立刻去買。

用好幾倍的水稀釋後一澆，據說只有雜草會枯萎。但是，上面用英文特別注明，如果在十二小時或一定時間之內下雨，就會失去效用，所以必須注意。那種藥相當昂貴，但起碼低於打工的工資。雖然這樣會少賺一點，至少不用被蚊蟲叮咬，輕鬆多了。我買了之後，充分注意氣象預報才噴灑那種藥。沒想到，不到兩小時，忽然天氣轉陰下起大雷雨。

藥石罔效，草一根也沒枯。

我再試一次。

草的確半日工夫便無精打采，枯萎在地，但只死了一半，精神好的又活過來了。

雜草還在，父親精心栽培的松葉牡丹倒死光了。

「好好一個女孩子家盡想著投機取巧。如果抱著這種心思，你將來可沒好果子吃喔！」

挨罵了。

對小孩來說，院子大實在沒啥好處。要去大門拿早報，卻一頭撞上不知幾時結成的大蜘蛛網。我睡眼惺忪，因此沒看見閃著白光的蜘蛛網。黏答答的白絲纏在頭髮上，很難弄掉也很噁心。

我愈想愈不舒服，巴不得搬去沒院子的住處。可一旦住進公寓，卻不時想念起院子。住進水泥房子後再也沒見過蜘蛛結網。

蜘蛛也有個性。

有的蜘蛛會耗費漫長的時間，精心繪圖般編織漂亮的蜘蛛網。

也有的蜘蛛雖然體型巨大，不知是太懶還是欠缺美感，像牽電線似的在空中拉出兩三條蛛絲，然後沿著那條線，左歪右扭，彷彿用鋼筆試寫般隨意拉幾條線連結，織出偷工減料的蛛網。

也有像我一樣的呢，我看了不禁暗想。

看到精心編織的蜘蛛網，會很感動。

屁股掛著白絲的蜘蛛，吊在空中等待。大概是連些許微風也要利用，只見牠晃動身子，用自己的體重當墜子，開始盪秋千。大幅擺盪下，飛到事先看準角度的枝頭，便一根一根搭起基礎工程。這項工程耗費的耐心驚人，看了之後，我再也不忍破壞蜘蛛網。

至今偶爾發現蜘蛛網，我都會自找樂子換成某人：這個是我呢；這張網子織得很結實，一定是像澤地久枝[3]女士一樣規規矩矩的蜘蛛吧？

我曾在架子角落，發現一個郵票大小的小蜘蛛網。

在這種地方結網，能捕到什麼獵物呢？天意自有安排，還真有肉眼難辨的小飛蟲落網。

大概已是十年前吧，偶然得見廟會。

聞著久違的烤章魚氣味，我正一邊打量撈金魚的攤子一邊漫步之際，在櫛比鱗次的攤子相隔甚遠之處，發現一個小攤位。

那是賣小孩玩的塑膠戒指及髮飾的攤子。有一個五十幾歲、頭裹布巾的大嬸兀然端坐。我心想小時候曾經很想要這種東西，一邊伸手碰觸，結果那個女人說：「幫我顧一下好嗎？」

她的身體微微哆嗦。

她似乎是叫我在她去廁所時幫她看著攤子。於是我當了短短三分鐘的攤商。一個客人也沒上門。望著小小的蜘蛛網，我想起當時的困惑與尷尬。

---

3 澤地久枝（一九三〇～），報導作家。

昆布肥皂

餅乾（biscuit）與曲奇餅（cookie）有何不同？

夜裡醒來，驀然想到這個問題，前所未有的，居然失眠了。大概是肚子餓了。

我很想說素樸古典的是餅乾，但也有手工烘焙的曲奇餅，說不定只是每個時期的說法不同。

不管怎樣，我們小時候吃的是餅乾。

加了許多牛奶與奶油，做成厚實的圓形，表面唯一的裝飾就是像被針戳出的小點點，非常高雅。感冒或吃壞肚子時，只有這樣的餅乾當點心。

四個小孩當中，沒人拉肚子或感冒時，端出來的是蘸有砂糖的英文字母餅乾。也有不蘸糖的，但這種很不受歡迎，孩子看了似乎也不會有好臉色。

鮮豔得嚇人的桃紅色及青綠色砂糖滿滿覆蓋表面。小孩子目不轉睛地盯著母親把餅乾分別放進各人點心碟的動作，一心祈禱能夠分到砂糖滿滿的好字母。

所謂的好字母，就是筆畫較多的字母。

I與L沒有飽足感，所以我想大概很無趣。H、K、M或O倒是不錯。尤其是O，運氣好的話，上面的砂糖多得連中間的洞都覆蓋了，所以好像特別受歡迎。

當時我不懂英文，寫這段時只能回想當時的感覺，猜測大概是如此。但我的英文知識初體驗（我實在不喜歡這個字眼），似乎就是源自此處。

進了女校學習英文字母時，彷彿突然長大令我很開心，但內心深處或許也有終於能看懂兒時吃的英文字母餅乾的喜悅。

拼字時，碰上I這個字，總覺得吃虧了；如果是H、K、M就好像賺到了，寫字的手也特別雀躍。這不管怎麼想大概都來自英文字母餅乾的聯想吧。

秉持這種貪吃的不當精神，英文自然不可能進步。至今仍對洋文一竅不通，不是戰爭也不是學校英語教育的錯，純粹是兒時點心的影響。

岩波文庫的《日本童謠集》，有一首吟唱的就是英文字母。

ABC 西條八十[1]

第一次
學英文
A這個字
像梯子

B這個字
像泡泡
C這個字
像鉤針
全都寫出來後
記事本的紙
就像排滿椿子
的河川

——〈兒童之友〉大15・6

經過詩人之手就變成了童話。ABC如果都是英文字母餅乾，那可不成詩也不成歌了。

戰後，英語解禁。糧食短缺下別說是英文字母餅乾了，連像樣的點心都沒有，當時，我記得吃過不可思議的東西。

那是代替主食配給的美駐軍戰備口糧中的點心。

---

1 西條八十（一八九二～一九七〇），一九三〇年代日本象徵主義詩人代表，留法文學家。

說到戰備口糧，年輕人或許不知道。那是軍隊用的緊急食糧。兩片烤硬土司加上肉罐頭，咖啡、砂糖和奶粉，甚至還有消毒髒水用的白色藥錠。其中就有那種點心。

起先，我還以為那是肥皂。

黑黑的四方形，約一顆牛奶糖的四倍大。聞聞味道，好像不是肥皂，可以吃。放進嘴裡一咬，軟趴趴的，黏在牙齒背面。老實說味道並不好吃。該說是昆布粉加奶油嗎？

我們稱之為昆布肥皂。不管怎麼想，都不像別的巧克力或花生牛軋糖那麼好吃，但只要是可以吃的隨便怎樣都好。而且，就像有生以來第一次喝可樂時一樣，會讓人產生一種奇妙的心情。或者可稱為用舌頭接觸到的美國風味吧。

不知那到底是什麼？叫什麼名稱，原料又是什麼？

最近，跟攝影家立木義浩交談時，提及這種點心。

立木先生說他當時也吃過。

而且，他說在電影《天倫夢覺》（*East of Eden*）也出現過，令我大吃一驚。

根據立木先生的記憶，詹姆斯．狄恩與朋友閒聊的雜貨店門口就有這種點心。但是，不是四方形，是做成麻花棒，沒有用紙包裝，像鉛筆一樣一根根豎在瓶子裡。

那部電影我看過三次，卻毫無印象。

早知如此，上次去美國時就去鄉下雜貨店找一下了。立木先生說他也會幫忙找找，所以我滿心期待。

不過話說回來，那種味道似甜非甜，就像軟趴趴有點噁心的牛排。那種昆布肥皂究竟是什麼呢？

動物鈴

造訪友人的公寓，正在喝下午茶時，警鈴響起。

這可不是普通的聲音。不知是怎麼設計的，頭頂不斷傳來緊迫逼人的淒厲聲響。

我們全都跳起來。

「失火了！」

這棟公寓相當高，友人住在三樓。真有個萬一，就算跳樓起碼也能保住一命，但畢竟還有老人在，既然如此還是趁早走逃生梯離開比較好。

友人奔向玄關。

把門拉開一條縫窺視走廊，不見火苗也不見濃煙。隔壁與對面的門都開了，探出看似不安的臉孔。

「我家有大肚子的媳婦，不知要不要緊。」

看似婆婆的人畏縮的聲音，在震耳欲聾的警鈴聲中勉強傳入耳。

友人以總代表的身分衝下樓，直奔管理室。

警鈴停止，友人回來了。

是小孩惡作劇。

父母都出外工作，而且晚歸。那孩子據說是小二的男生，不斷想出新的鬼點子惡作劇，令管理員不堪其擾。

他會走進電梯，按下每一樓的按鍵再跳出來，害得搭電梯的人眼看著電梯在無人的樓層也緩緩停止再啟動，弄得極不耐煩。

看來這個小孩過去就已夠難纏了，現在竟然玩起警鈴。

在都會的方形水泥叢林中，電視與怪獸玩具，或許已無法稱職扮演小孩的玩伴。

今年三月，我在紐約的飯店同樣是被警鈴驚醒，碰上火警。這次也是虛驚一場，看來今年好像與這類意外特別有緣。

坦白說，我正在洛杉磯的飯店寫這篇文章。前往亞馬遜的路上，在中途站過一夜，床旁有關於火災的警告標語。

「發生火災時，請先保持鎮定，以手碰觸房門。如果門是熱的表示火勢已近，絕對不可開門。」

「遠離房門放低姿勢，將濕毛巾塞進門縫。接著以濕毛巾掩住口鼻。」

「房門如果不熱，可稍微打開看一下，如果走廊濃煙密布，立刻關門待在室內。如果沒有煙，可走逃生梯避難。」

「此舉會增強火勢，因此除非事態緊急，請勿開窗或打破窗戶。」

以下還有多條注意事項，看完朝樓下一看，房間位於十六樓，高度令人目眩。

沒有陽台，窗戶是「鑲死」的大片玻璃，縱使想打開也開不了。我一邊思忖萬一出事了雲梯車是否上得來，一邊暗想，高層大樓的火災還真可怕。

不過話說回來，友人的公寓響起警鈴時，我們當下毫不遲疑地開了門，此舉顯然是錯的。

下次，我會冷靜地先摸摸門。我又上了一課。每次學到什麼就忍不住想立刻試試看，唯獨高樓公寓與飯店的火災我敬謝不敏。可以的話，我希望永遠沒有觸摸熱房門的機會。

在飛機上，也聽過警鈴響起。

那是十五年前我頭一次出國時。在東京與香港之間，正好飛到一半的距離時，警鈴響了。

乘客全都嚇得跳起——我很想這麼寫，但實際並非如此。

眾人在瞬間哄然，但那是因為發現警鈴響自座位中央一帶。鈴聲也很悠長。

一名乘客，明顯可看出是觀光客的中年日本男人，汗流浹背，以鑽到地板底下的姿勢，在他帶上飛機的包包內翻尋。翻出來的是鬧鐘。鈴聲停止了，那個男人一邊擦汗一邊朝四面八方鞠躬致歉。掌聲零星響起。

說到警鈴，我印象最深刻的，是在肯亞所見。

記得那好像是某某動物保護區，但名稱我忘了，總之在濕地中央，有一棟高架式旅館。

該稱為中世紀歐洲的防火瞭望台風格嗎？貌似直立式茶筒扣上斗笠形屋頂的獨棟建築，以高架式走廊相連。到了晚上會把梯子自地面收起，防止野獸來襲。是很奇妙的旅館。

餐廳旁，有大片玻璃帷幕的巨型陽台，從那裡，可以觀賞來到眼前沼地飲水的動物。

那棟旅館的客房，床畔有鈴，以牌子標明「Animal Call」。

雖說保證安全無虞，畢竟有大象也有豹。牠們如果真的想，可以拿身體撞，也可從窗口鑽進來。萬一真的發生了，只要按這個鈴就行了吧。我暗自嘆服，但顯然是我誤解了。

對於半夜來飲水的動物，觀光客不可能徹夜守候。既不知道動物幾時會來，說不定整晚乾瞪眼也不見動物出現。

於是，只要事先寫出自己想看的動物，拜託旅館的人，就會有人負責守候，等到豹子出現時，寫明想看豹的客人房間就會有鈴聲響起。

「動物鈴」原來不是通知客人野獸來襲，而是在提醒：出現嘍，快來參觀吧。

我寫的是豹與犀牛。

我暗自祈禱鈴響，為了隨時準備起床，連睡衣也沒換，穿著白天那身衣服，把相機與望遠鏡放在枕畔和衣而臥，但那晚，動物鈴一直保持沉默。

瞇瞇眼

那看起來就很美味。

把活的、還在動的鮑魚切成薄片，迅速以奶油翻炒後只撒了一點鹽與胡椒，但大約是因為食材與廚師的手藝皆為極品吧，光是看著就快流口水了。

這是在京都數一數二的料理店吧檯發生的事。

看似美味的鮑魚不是我點的菜。我與友人，剛吃完隨意挑選的套餐。

鮑魚放在我旁邊的兩名女客面前。

其中一名女客，是高雅的遲暮美人，舉止、穿著、與店主的應對，在在令人想到與這間餐廳近在咫尺的祇園藝閣老闆娘。她的同伴，是一名十五、六歲的女孩。

女孩身穿浴衣，但是看樣子不是舞伎就是即將成為舞伎的學徒。

老闆娘把端上來的兩人份鮑魚往女孩面前一放，像要表明我不吃，妳多吃點。然後，她請廚師自行斟酌做些年輕女孩會喜歡的美味菜色。

她一邊說，一邊倏然朝我們瞥來，輕輕點頭致意，殷勤一笑。

大概是想讓年輕人奢侈地享受一下吧，看起來彷彿在說：這也是課程之一喔。

另一方面也可感覺到，她對於自己毫不吝惜把託管的女孩帶來一流料亭吃如此昂貴菜肴的大方之舉，也有那麼一點點自豪。原來如此，人就是這樣訓練出來的啊。經過這樣的經驗累積，想必會成為無論出席任何人的餐會都面不改色的舞伎吧。

另一項讓我嘆服的，是那個女孩的吃相。

淺褐色略微烤焦、邊緣捲起的鮑魚，就這樣被她一片接一片，面無表情地，扔進嘴裡默默咀嚼然後咕嚕嚥下去。

再一片塞進嘴裡，嚼嚼嚼，咕嚕吞嚥。

不知是好吃還是難吃。

不知是喜歡還是討厭。

完全面無表情毫不感動。

她像嚼口香糖一樣嚼鮑魚，像吞飯一樣嚥下去。

那是一張五官端整、瘦巴巴的小臉。這張臉塗上白粉，點上一抹口紅，再綁上長長的腰帶，就會成為典型的舞妓嗎？

我暗自感嘆，幸好座位呈九十度直角，只能望著那一片接一片吞嚥鮑魚的櫻桃小口，以及不露任何感情的眼睛。

我心想這樣的眼睛好像在哪兒見過，隨即想起那是京人偶的眼睛。

女人的眼睛瞪如鈴，
男人的眼睛細如線。

有這麼一句諺語。

撇開舞妓的故事先不談，女人縱使在眼中流露喜怒哀樂，也不會有太大影響。

但是，男人可不能這樣。

據說，那種完全看不出在想什麼的撲克臉才是成功致勝的關鍵。

這麼一說才想起，我曾聽一位現職刑警看了電視刑警劇後，如此表示：

「大家都在眼中透露太多東西了，一有點事，立刻寫在臉上。真正的刑警才不會那樣。我們就算聽到有線索的電話，心裡暗想，哎呀這個有苗頭，也怕記者不知正躲在何處窺視，絕對不會表現在臉上或眼中。

我們會裝作若無其事，掛斷電話來到走廊上無人之處，這才如釋重負拔腳就跑。」

據他所言，那種專辦扒手的刑警劇，也是騙人的。

若想抓到扒手，他說一定得派那種小眼睛、長相平凡的刑警。

眼睛大的人難免會在眼中流露表情。長相如果給人的印象太強烈也會被立刻記住，令扒手提高戒心。

我問他，那麼誰最適合扮演小眼睛、長相平凡、專辦扒手的刑警，他毫不遲疑地說：「稻尾吧。」是打棒球的稻尾投手。

這麼說有點失禮，但那雙細小如線的瞇瞇眼，頗受刑警青睞。

我這人沒別的長處，但有人曾誇獎我唯一的優點就是吃東西看起來特別香。妳總是嚷著好吃好吃，吃得特別帶勁，所以即便沒胃口，只要跟妳同桌就吃得下去——我也曾因別人這麼說，受邀吃飯。

倒也不是為了討好別人而沾沾自喜，我本就貪吃，眼珠又特別大，吃得開心的心情大概格外容易流露在眼中。

沒想到上次，我出糗了。

席上，有一道炸河豚。

我早就聽說這家店的河豚出了名的好吃。而且不只是河豚生魚片和河豚火鍋，把剔下肉的魚骨拿去鹽烤，或是把魚肉油炸後蘸橘醋吃，據說都是極品美味。

裝在大盤裡的炸河豚果然就是不同凡響。

我第一個下箸，頻呼好吃。

「我第一次吃炸河豚，真好吃呢。」

我還有一項特技，就是可以一邊滔滔不絕，一邊吃得比任何人都快。

這晚我也全力發揮這項特技，讚不絕口吃不停手。這時餐廳的老闆娘露面了。

「很抱歉。」

她低頭惶恐致歉。

「沒買到好河豚，所以今天的炸魚塊是用別的魚做的。」

最好細如線的不只是男人的眼睛。

這種時候，如果我有一雙曖昧不明、不會輕易露出表情的眼睛，不知該有多好。

下輩子我希望有雙瞇瞇眼。我一邊這麼想，而事到如今也只好硬著頭皮，連呼好吃，繼續朝炸魚塊伸筷。

購物

我像往常一樣只在錢包塞進固定金額走出家門，有時是三千有時是五千。去購物時，不這樣做很危險。

我家周遭有成排的小巧古董店。

「這個深杯倒是有點意思。」

「用那個麥稈花紋的碗吃茶泡飯應該會特別香。」

一旦隨意逛進店裡，就此完蛋。

我是靠一枝鉛筆慢慢賺錢，不可能買太貴的東西。買的都是每日三餐及小菜可以派上用場的，就算萬一破了，也不過說聲「啊，糟糕」，懊惱個半日時間就沒事了。全是那種即使客人失手打破，也不會因此懷恨在心的便宜貨。

我曾對每週來打掃一次的幫傭說，請把我家的東西全部當成一件一百圓。如果當成昂貴的東西，清洗器皿的手會僵掉，甚至失手打破。若當成便宜貨，手自然不會格外緊張，所以這十五年來幾乎沒出過差錯。

但是，幫傭來的日子，若有年代稍微久遠的碗或小碟小缽放在流理台，我會停下工作，立刻把碗盤洗乾淨收起來。這種小心翼翼的態度連自己都覺得膚淺，錢的問題固然有，但我在想，切切不可在家裡增添更多費神的玩意兒了。出門在外別帶多餘的錢方為上上策。

即便如此，最近還是二度出醜。

在超市把東西扔進籃子。

我大略估算了一下，最後只留下足以買一枝花的錢。這招向來管用，沒想到這次在收銀台被攔下了。

錢不夠。

「對不起，檸檬不要了。」

排隊的人一臉同情地看著我。八成也有人心裡在想，傍晚正忙的時候妳磨蹭什麼呀！尷尬與抱歉令我抓狂，急得滿頭大汗。

「這樣還是不夠。」

「啊？啊，是嗎，那——」

本來就很不會計算了，現在又已抓狂，更是一腦袋漿糊。

「魚餅和生柴魚也不要了。」

生柴魚本是買來餵貓的，也只好放棄。

「不用退那麼多沒關係喲。只要選一樣就行。」

「那，我買生柴魚。」

向收銀台的小姐道個歉，再向排隊的太太們行個最敬禮，我低著頭匆匆走出超市。經過花店時當然是頭也不回。

這種事連續發生兩次我才驚覺。

我的迷糊固然不用說，但物價也上漲了。檸檬大約這個價錢，魚餅大約這個價錢，老花眼看不清價格時，我總是如此這般抓個大略數目就扔進籃子，但漲價後多出的錢超出我的計算。

通貨膨脹愈來愈嚴重了，哪怕是不懂經濟的人也有切身的體認。

稍微揮霍，買了一件高級的夏季針織衫。

這下子今年夏天絕對不逛針織衫賣場了。

為什麼呢，因為買了以後，萬一發現更中意的花色，會很不是滋味。屆時會後悔當初為何買的不是那件，隱約拿自己的針織衫出氣，說不定穿脫時的動作變得特別粗魯。我不喜歡那樣。

萬一同樣的衣服大拍賣，以特價出售，我會有半日工夫都很彆扭很不愉快。

不管怎麼想都有害精神衛生。

三個中年女人聚在一起談論這種話題，其中一人突然說：

「所以我才不想參加同學會。」

同學會上，以前同桌的男孩也會出席，以前向自己告白過的人也列席其間。

當時覺得不過爾爾的孩子王，如今遞上頭銜人模人樣的名片。

「早知道，當年應該選他啊！你不會在一瞬間這麼想嗎？」

這種心情，留在家裡的丈夫似乎也能感受到，回家之後，不是格外討好，就是反過來特別不高興。那樣多討厭啊！其實說出來不過是根本不值一提的小感觸罷了，那個人笑著說。

另一人猛點頭說，我懂我懂。獨身的我，沒這種體驗，無法一同點頭，但我多少可以理解。

女人愛買東西，說不定就是為了發洩這種心情。

買了「丈夫」這個昂貴的貨品，但是，就此罷手太無聊，於是又買把棕刷，拿不定主意該買哪種清潔劑，本來已放進購物籃又放回架子上。這大概是在排遣鬱悶吧。

關於前面寫的〈昆布肥皂〉，我收到三封讀者來函。

三位都是住在美國。

黑色軟趴趴的奇妙東西，叫做甘草糖（Licorice），以甘草為原料。據說是糖漿及糖豆的一種。也有人寫道，美國家庭似乎深信，與其吃沒營養的零食不如吃甘草糖，因此做母親的經常給孩子吃這個。看來堪稱美國中藥。

讀者也告訴我，立木義浩先生記憶中，《天倫夢覺》那一幕出現的麻花棒，可能是以同樣原料做成的Licorice Twister。

託他們的福，我終於在三十五年後得知那種神祕點心的真實身分。不知怎地又有點想吃了。

香水

把小費與香油錢相提並論或許會挨罵，但我總覺得這兩者有點相似。因為有事相求，就算是意思一下也得送點錢，展現感謝之情與誠意。太少固然會心虛，一不小心給太多，也會暗自扼腕。

碰上新年，一開始就打定主意今天要大手筆往捐獻箱塞個百圓銅板倒還好，如果抱著一如既往捐個十圓的打算砰的一扔，只見白光一閃，啊，糟糕，這才發覺扔的是百圓銅板——說來抱歉，總覺得吃虧了。

於是許願時，就精明地從保佑闔家平安、生意興隆到小心火燭通通求個一遍，不知客氣為何物。

這是因為我素來不信神佛，再加上我家的人雖然粗枝大葉慷慨大方，卻在奇怪的地方小氣。

畢竟，我媽是那種一聽到父親扔錯香油錢，當下甩開父親嚷著「別鬧了，笨蛋！」一邊伸出勸阻的手，逕自跑去神社的社務所，要求人家找零錢的人。

也曾在國外遞上小費後，對方迅速變臉態度變得格外殷勤，這才讓我赫然發覺自己多給了一個零。

這種時候，如果是我媽，大概會向對方討回找的零錢吧，我暗忖，但終究沒那種膽量。

「算了算了，待會兒別的地方省著花就是了。」

只好這麼死心。

這樣的母親，也有一次沮喪的時候。

「今天我可丟人了。」她說。

搭乘電車，要下車時，該給回數券，卻不慎掏出汲糞券。

很久以前，那些人是每個月來一次，還是半個月來一次，我已經快忘了。

當他們來到數戶之外時，已可憑氣味察覺。

「快點快點，想去的人快去上。」

祖母和母親會催促小孩。

因為掏糞的人工作時，廁所暫時不能用。

被這麼一說忽然很想上廁所，於是兄弟姊妹為了誰先上吵了起來。

在我家，這種時候，如果提到氣味會被狠狠臭罵一頓。

「你就沒有拉屎撒尿嗎？」大人說。

但大人一邊這麼罵小孩，同時也忙著將醬油滴進火缽，或是炒茶葉，設法清除氣味。

記得有一次，父親在家，不知是我們做錯了什麼，他正在教訓母親和我們這些小蘿蔔頭，這時，掏糞的人來了。

他本來正一本正經地訓誡，但從院子飄來的，又是那股味道。當下一陣手忙腳亂，挨罵的人聽不進去了，父親似乎也有點錯愕。

「算了，今天就到此為止。」

於是就這麼中途打住了。

記得是快畢業或剛畢業的時候吧，我曾受邀至男性友人家作客。我以為他的父母與兄弟姊妹也在家，所以精心裝扮才出門赴約，沒想到他家的人全都去看戲了。

我懷著有點不自在、又有點暗喜的心情，在客廳聽唱片。不知是貝多芬還是莫札特，總之是那類的正經玩意。

這時，那個味道又飄來了。

掏糞的來了。

友人本來正有模有樣地解說音樂，這下子突然亂了套。古典音樂與那個氣味，顯然一點也不搭調。

他滿臉氣惱，陷入沉默，坐在那裡。

這種時候，我素來運氣特別差。錯失良緣，沒能嫁出去，或許原因就出在這方面。

人家做的是一般人嫌棄的工作，所以對待人家的態度要比對待一般店員更客氣。我就是在這樣的教誨下長大的。

「辛苦了。」

如果不這麼說就會挨罵。

沒想到，我家養的貓，也許是因為自己在院子解決不需人家幫忙處理，因此非常討厭掏糞的。守在院子門口的橫梁上，等掏糞的從底下經過時就猛然跳到人家頭上。那是隻足有四公斤以上的大公貓，被牠這麼一撲，人家似乎相當驚愕。

那人的耳後方被抓了一爪子，因此非常生氣。

「太瞧不起人了。就是因為主人有這種心態，貓才會有樣學樣。我不掏糞了。」

挨罵後，我身為貓的監護人只好伏身低頭道歉，恭敬奉茶，好不容易才得到原諒。

「那是田園的香水。」父親說。

那種味道已經很久沒聞到了。

不管怎麼想，都不是好氣味。

有時碰得不巧，正好有貴客上門，實在很尷尬。

這似乎是在提點我們，縱使極力故作清高，世間凡人，不過如此。於是也不好百分之百耍威風擺派頭了。

如今沒那種事。

以前，那是如果被明晃晃的電燈照亮會很尷尬的場所；但現在，氣派堂堂，一色雪白，如果願意甚至可以洗尿布，那是沖水馬桶。

不想看見的話，直接用水沖掉即可。

也不再有那種讓外人打理屎尿的心虛，可以光明正大地昂首闊步。

男女都不再害羞，或許也是這個原因。

隨著那種氣味及掏糞的自街頭消失，「含羞」二字也消失了。

天鵝

炎夏酷暑，看到有人衣衫筆挺實在是好景象。

或許是因為本來想著今年一定要穿浴衣，卻忙得無暇分身，最後還是以T恤和寬鬆連身裙之類邋遢裝扮度過夏天，因此若看到有人穿著上漿的白麻和服撐著陽傘，清涼無汗地快步走過的背影，不免要嘆服此人的品味可真高雅。

這樣的一個人，正是我嘆息的對象。年約五十上下。或許也有舞蹈的素養，衣襬優美擺動著走過我面前。

我拎著裝蔬果的籃子，穿著涼鞋跟在那人身後五、六步之外，一邊暗叫糟糕。不該走這條路的。前方不遠處的電線桿下，有一個裝棄貓的紙箱。

再沒有比路旁看到被人丟棄的小狗小貓更難受的事。覺得可憐，卻又不可能撿回家，只能掩耳擋住哀啼，對丟棄貓狗的人滿心氣惱地快快而返。每次看到總要難受半日時間，因此去程如果發現，回程我會刻意改走別條路，結果這天只顧著看白色和服的背影，不小心又走了同一條路。

白衣人的腳，在電線桿旁停下，正在彎身檢視裝小貓的紙箱。果然如我所想，側臉完美無瑕。

但，突然間，那人抬起一腳，把紙箱踢進路旁水溝。我彷彿在看舞蹈動作。白衣人若無其事地繼續往前走。

我呆立原地。

曝曬在炎熱日光下，本就已經很虛弱的小貓，說不定活不過半日。心一橫索性這麼做才是真正的慈悲。但是，在那形狀優美的雪白襪套上，感覺不到絲毫佛心。

那個人，原本就討厭貓。我如此找理由，卻沒勇氣檢視水溝，只能閉著眼快步跑回家。

十多年前我曾在金澤的兼六園被天鵝嚇到。

當時我偕友同行，三人環遊能登半島，順道也去了金澤。

這次發生的事，我在別處也寫過。我們正在兼六園的池畔吃便當之際，一隻大天鵝游來，上了岸，嘎嘎咕咕發出刺耳的聲音，催我們餵牠。

我們故作不知，繼續吃自己的，牠竟用嘴戳我們的膝蓋。

因為又痛又嫌吵，於是把吃到一半的東西隨手一扔，天鵝立刻撲過去搶食。蝦尾。蠶豆皮。扔出去的東西沒有一樣不能吃。

牠的吃相別提有多難看了。也許是因為這麼想，連帶著牠的長相也低俗可憎。眼神也過於尖銳。最令人驚訝的是，牠的上半身，的確如美麗的芭蕾舞伶那般優雅，下半身卻像工人一般異樣粗壯。

吃完後牠還在東張西望，又朝我們的膝頭啄了兩三下，眼看真的沒東西吃了，這才回到池塘。

悄然無聲滑過水面的姿態，分明又是優美的天鵝，我對牠的雙重人格（？）暗自嘆服地望著。

也許是二者的印象重疊，我對天鵝，從此再也沒有以前那麼浪漫的想像了。

聖桑[1]有一首大提琴小品〈天鵝〉。

我求學的時候，學藝會表演戲劇但凡碰上悲傷的場面，配樂必定是這張唱片。

無論是〈安壽與廚子王〉[2]或〈夜叉王〉[3]，最後高潮都是〈天鵝〉。現在聽了或許覺得好笑，但以前沒有電視劇，所以女學生聽了全都哭了。

然而，從那之後，只要聽到聖桑的〈天鵝〉，總會不自覺浮現那一幕，沖淡

---

1 聖桑（Camille Saint-Saëns，一八三五～一九二一），法國作曲家。

2〈安壽與廚子王〉，日本古老傳說中的姊弟。被人口販子賣給山椒大夫的廚子王，在姊姊安壽的捨身幫忙下成為一國領主。

3〈夜叉王〉，岡本綺堂的戲曲《修禪寺物語》的主角。

了懷念之情。

芭蕾舞〈天鵝湖〉亦然。

「垂死的天鵝」這段獨舞，當初看的時候明明很感傷，但從此，卻再也沒感覺了。

也許是心理作用，總覺得芭蕾舞者的下半身結實又粗壯。回到後台休息室，他們該不會嚷著「媽呀，肚子餓死了」，抓起三明治或飯糰狼吞虎嚥吧。

「啊啊，累死了！」

我猜想，該不會這麼嚷著隨手把舞鞋脫下一扔吧。根據友人提供的情報，舞鞋底下其實長滿老繭，腳趾也已變形，於是雪上加霜地令我更加不像以前那麼愛看芭蕾舞了。

今年五月我去比利時旅行。

印象最深刻的是布魯日這座城市。用日本來比喻，大概像京都或奈良一帶吧。漢撒同盟及維京人的歷史至今仍與紅磚建築一同保留。整座城市本身就等於是座美術館。

此地不愧號稱北方的威尼斯，街頭就有運河流過，我在那裡也見到一隻凶猛的天鵝。

牠居然去攻擊載運觀光客的小型遊艇。

那隻天鵝相當大，撲向遊艇的船頭，作勢威嚇。牠一而再再而三重複此舉，還想咬觀光客伸向水面的手。不停搧動翅膀，追逐遊艇。

那隻天鵝彷彿在等候每隔五分鐘出現的遊艇，守在橋下伺機嚇唬人。那種死纏爛打，與古典的景色實在太不搭調。我心想，所以說天鵝就是討厭，走到一半才驀然察覺。

橋下的岸邊，還有一隻天鵝。似乎是母的，而且正在孵蛋。原來牠是為妻子小孩而戰鬥。

水手服

記得那應該是新幹線「木靈號」吧，我要去餐車，途中經過幾節車廂的走道。其中有三節車廂被看似校外旅行的男女高中生占領。

車內很吵。

雖然似乎也有學生乖乖待在位子上假寐，但大部分的水手服與學生服都站起來互擲袋裝零食，交換點心。

女學生把保溫瓶裡的咖啡或紅茶倒進紙杯，遞給朋友。男學生一把搶來喝掉。

「別鬧了，某某君！」

也有人拿著小照相機，趁機拍下同學打打鬧鬧的一幕。

車內就像捅了馬蜂窩。放眼尋找老師，只見角落有一人在看書，另一人疲倦地閉著眼。

我閃躲走道上嬉鬧的學生與飛來飛去的零食，好不容易穿過一節車廂，結果連結器的地方也有七、八個學生。

在五、六名男孩中夾雜著兩個女孩。

這邊倒是格外安靜。男孩留著長髮穿立領學生裝，腳上是鞋頭異樣尖細的皮鞋。女孩穿長裙化淡妝。

對於車內的喧嚷，他們彷彿覺得「那些人都是小鬼」，默默看著窗外。

也有男孩摟著女孩肩膀。

打開下一節車廂的車門，是和剛才一樣的喧嚷，與待在連結器之處那群學生的沉靜成對比。

大家的體格都發育得很好。

照理說應該才十六、七歲，卻比矮小的我高出一個頭，胸部與臀部也很豐滿。

感覺就像是三原順子與河合奈保子、田野近三人組的田原俊彥及近藤真彥這些偶像明星在成群嬉鬧。

時代真是變了呢。我縮起身子走過，同時察覺唯有一點不變。

那就是氣味。學生服特有的，灰撲撲的油臭味。

學生時期，睡覺壓裙子是一項重大儀式。

剛進女校時，是母親幫我，等到第一學期結束時，已成了我自己的工作。

說穿了就是把裙褶一條一條仔細摺好，在被子底下壓平，但作法各有千秋。

先鋪一條墊被，像柏餅[1]那樣對摺，在屁股那個位置的榻榻米上鋪報紙。報紙上如果有天皇或貴族的照片會被父母罵，所以要仔細檢查之後再鋪開。把裙子放在上面，將裙褶一條一條整理好。再把之前掀起來的墊被柏餅輕輕放回原位，這是一種作法。

在兩條墊被鋪上布，蓋被也罩上去後用力對摺，壓下去。一邊留意保持裙褶完整，一邊緩緩歸回原位，這又是一種作法。

有時只差一點就大功告成，被子卻一不留神唰的罩上去，只好從頭來過。又睏，還得寫作業，氣得牙癢癢的真不知到底是誰發明這種百褶裙。

明明已經小心翼翼地壓裙子了，但也許是睡相太糟，有時早上起來一看，裙褶歪成兩條。現在想想其實沒什麼，但當時簡直是心都碎了。

我因父親的工作關係而轉學。

當時用的是國定教科書，教法卻因地方、老師而不同。那固然令我困惑，但最可悲的是，轉學過去後只有自己一個人穿著不同的水手服。

一轉學，立刻就去那家學校慣用的洋服店訂做制服了，但當天趕不出來，要等兩三天的工夫。那很討厭。

1 點心的一種。米粉揉成扁平的橢圓形麵皮，內包豆沙或味噌後對摺，外面裹上柏葉蒸熟。

寫到這裡就想起，學期初要拍紀念照，當時總有一兩人穿錯衣服。大家都是夏季水手服，唯有一個人穿著深色冬裝。

也許是送去洗衣店，因為某些失誤沒送回來吧。在今天這個拍合照的日子，卻有一個孩子聲稱腹痛哭著回家，或許就是因為只有她一人穿著不同的水手服。

我就讀女校五年級時，做過縫製水手服的副業。

倒也不是生活拮据，只是有人見我給妹妹們做的水手服好看，於是向我訂製。

水手服的上衣不能做成直筒形，必須稍微收腰。裙子也同樣不是直筒形，在屁股那邊要下點工夫，比規定的裙褶數多出一些。

光是這樣，就成了別有風情的漂亮水手服。

在戰後衣料短缺的時代，少有像樣的裁縫，因此我的生意相當興隆，掃興的是，謝禮是地瓜和南瓜。

撇開謝禮不談，現在想想我還挺有小聰明的。水手服就是該寬鬆一點才好。若是緊貼身體曲線的水手服，豈不成了色情電影的主角。

以前的水手服，領子總是發亮。

一方面也是因為沒有別件可以換著穿。肥皂與燃料也不夠，一週頂多洗兩三次澡，因此頭髮與身體想必都有很多污垢。

現在的學生天天洗澡，水手服想必也有別件可以替換。但是，卻與以前的我們散發同樣的氣味。

那或許是成長的氣息。

對於自己心情和身體的變化忐忑不安，不知如何抓住現實與未來。似明似暗不可思議之物，就在水手服的內側，藏在睡覺壓平的百褶裙的裙褶深處。

不過話說回來，學生服是陸軍的服裝，水手服是海軍的服裝。讓學生穿軍服的習慣，不知究竟起自何時。

骨

十幾歲時，我很愛烤魚。

父母誇我：「邦子真會烤魚。」我很得意。

尤其是父親，對我大力讚美：

「妳烤出來的魚就是不一樣。」

偶爾失手也不會怪我。

「連妳這種高手來烤，都變成這樣，可見一定是今天的魚不好。」父親如是說。

被一個張口只會罵人、難得褒獎的人這麼說，我不禁信以為真。

只要一說要烤魚，我就會卯起勁去廚房，一個人負責烤全家吃的魚。

我首先學到，炭爐的生火方式、炭的堆疊方式都會嚴重影響烤出來的成果。

也發現只要鐵網仔細清洗，塗上麻油，魚就不會沾黏。

我也漸漸懂得，視魚的種類、季節、油脂多寡而定，火力大小與燒烤時間皆有不同。烤沙丁魚時，如果把頭尾交錯排列在鐵網上，會烤得特別漂亮，這也是我自己想出來的。

當時不像現在有這麼多食譜，所以這種事，都是自己從失敗中一點一滴學來的。

小小的發現與嘗試如果成功了、被誇獎了，就會開心得飛上天。

現在回想起來，那其實是父母的深謀遠慮。

父親，是那種吃飯時如果沒有母親在旁邊殷勤伺候，就會老大不高興的人。可是，偏偏他又特別挑嘴喜歡吃熱呼呼的烤魚。

因此，把我這個長女捧得高高的，讓我自願去烤魚，實乃一石二鳥之計。想到自己被捧得暈頭轉向，傻呼呼地卯足勁，還真有點不甘心，不過也因此再也不以烤魚為苦。

當時，我還學到另一件事。

用心烤魚時，會非常在意吃魚者的吃相。

看到收回來的魚骨，我可以分辨這是爸爸吃的，這是奶奶吃的，這是弟弟吃的。

不知何故，在我家，父親與弟弟——也就是男子組，特別擅長吃魚。

我曾在電視上看過畢卡索吃魚的情景。

那是畢卡索紀錄片的一幕，有頭有尾足有三十公分長的魚，被他用手抓著啃魚頭。

那是他晚年的紀錄片，當時應該已年近九十，但那種自然的強悍，不像老人。與其說是人類男性，給人的感覺毋寧像是強大的雄獸。

畢卡索的手裡，最後只剩下啃得乾乾淨淨的魚骨頭。魚骨，看似畢卡索創作的雕塑品。魚骨原來如此美麗啊！我暗想，自己以前怎麼都沒發現呢。

友人之中有個經營料亭的女老闆。

她對上門光顧的某大作家吃魚的樣子讚不絕口。

「吃相極有男子氣概。即便是鰤魚，也是狼吞虎嚥大約三口就吃光了。」

鰤魚是很昂貴的魚。我心想，和我們這種小心翼翼捨不得吃的人真有雲泥之別，同時也很難把那位作家孱弱的體型與優美文雅的文體，和三口就豪邁解決鰤魚的樣子聯想到一塊。

據說那位作家笑起來也是哈哈哈地極為豪放。

我總覺得他在逞強。

男人，不管做什麼舉動，終究是男人。哪怕是慢慢挖魚肉，斯文秀氣地吃魚，或是小聲低笑。只要生來是男人不就是男人嗎？

生來就是男人，又何必刻意做出男子氣概的舉動，我如是想。

那位作家在市谷，以女人絕對做不出來、極有男子氣概的方式死去時，他那據說很豪邁的吃魚方式，以及笑法，倏然浮現我的腦海。

魚骨如果卡在喉嚨，人家教我要吞飯。

把一大坨飯，像要塞進喉嚨似的，不嚼就嚥下去。

通常這樣就能把骨頭送下去。

這招也不靈時，祖母會拿象牙筷，像要插進喉頭般，喃喃念著：「南無阿彌陀佛，南無阿彌陀佛。」

然後，還是吞飯。

最近，不知是不常吃小刺多的魚還是吃法有進步，已經很少再被魚骨卡到。

總覺得以前那種在昏黃電燈下共進簡樸晚餐的情景，與被魚刺卡到翻白眼的小孩，好像特別搭調。

外國不知是怎樣，被卡到時該不會也是吞一坨麵包吧。

學生時期，曾在理科教室，骸骨突然倒下。

當時我正在擦地板，不知是誰踢過來的，骸骨就這麼迎面猛然倒在我身上。

我嚇得尖叫，一腳踢翻洗抹布的水桶，跌坐在地。

現在想想，還真好笑。

每天宰殺的魚或牛、豬的骨頭倒是不怕。尤其是稱為肋排的豬排骨，把它烤得焦香，用手抓著啃還吃得特別開心。

烤雞串也是，全身都能吃，雞爪或鵪鶉爪也照樣用手抓著，一絲肉也不剩地叼在嘴裡吃個精光。

可是，與自己擁有同樣骨頭的人類骸骨很可怕。既然都是人，就算互相擁抱，名副其實地聽見彼此骨頭的傾軋聲，照理說也該高興，不至於嚇得尖叫還一屁股跌坐在地，可是人卻害怕人骨。

人為何會害怕人骨。

或許怕的不是骨頭，而是怕死。

桃太郎的責任

我家的電話，或許因為外型很像垂肩，鈴響之前會聳肩嬌喘。

本來就是看中它的女性化，但最近或許是因為打電話來的次數激增，它似乎無法再裝腔作勢，響起來咬牙切齒的。

鈴聲粗暴，這廂拿話筒的手自然也跟著一肚子邪火。

「這是向田家！」

「是人家啦……」

女人的聲音。

也許是身為女人不夠靈光，我向來沒有那種會打電話來說「是俺」的男性朋友。

不過，會打電話來說「是人家」的女性朋友倒有五、六人。

「妳是哪個人家？」

我很想這麼說，但聲音猜得出來，於是強忍那種壞心眼，決定留待更老之後再來找樂子。

「怎麼了？」

「別提怎麼了。這個社會，大錯特錯。我從剛才就很火大。」

「到底怎麼了？」

「在我家，早上，只有我老公要吃飯。我和孩子都吃麵包，唯獨我老公，非說他不吃飯就沒力氣。還說開會的時候會沒自信發言云云，總之理由多得很。我也是賭上了女人的一生，所以人家說吃麵包無法出人頭地我就招架不住了。唉，反正之前他的工作獎金也拿來買了微波爐。啊，我告訴你，每次要吃飯就煮一次那太傻了，你知道嗎。那個呀，要先用電鍋煮一大鍋飯，之後按照每餐的份量用保鮮膜分裝冷凍。不能用一張保鮮膜喲，一定要兩張。如果只用一張，該說是飯會感冒嗎，總之會變得又白又硬，之後不管再怎麼加熱，都無法恢復原狀了。」

「喂，我現在正在工作。」

本來想說晚點再慢慢聊，但不知為何，好像變成我這邊的聲音傳不過去的單向電話。

「總而言之，就這樣，一直只有他一個人早餐吃米飯。不過他呀，目的其實是味噌湯。」

「味噌湯？」

「我老公最死相了，說什麼『喂，別忘了味噌湯喔，湯裡放海帶芽最好。』只要有海帶芽他就很高興。我當然也樂得輕鬆，所以一年三百六十五天都放海帶芽，嘻嘻嘻……受不了。」
再沒有比聽著電話彼端，對方一個人自說自話自顧發笑更愚蠢的事了。
這通電話恐怕會說很久，於是我伸腿把週刊勾過來，隨手翻閱打發時間。
「我老公他呀，年紀輕輕就頂上無毛，所以才要吃海帶芽。啊，說到這裡，英國那個，前不久，舉行婚禮的那個某某殿下，那個人，也是海帶派耶。」
「啊？噢，你是說威爾斯王子。」
「從大教堂上方拍攝時，鏡頭照到了一下，他的頭頂好像也相當稀薄。大概是像他父親吧。果然，自家老公是這樣，所以總會不自覺往那裡看。不過，那對父子，就國王而言妳不覺得算是比較帥的？」
「這跟海帶芽有關？」
「不是啦。我家吃的米一直是跟附近的米店買的，但是最近，米店老闆也年紀大了。雖然人很規矩，但大概是重聽吧，我明明叫的是三公斤，他卻扛來五公斤、十公斤裝的袋子。我又不好意思叫老人家再拿回去。」
於是她改在附近超市買，但昨天，買了米回來，正在洗米時，突然浮起一隻黑色的米蟲。她打電話去超市抱怨，對方卻說是她家放米的地方不對，壓根不予理會。聽到這裡，我已經可以看完一本女性週刊——雖然是斜著瞄。
女人的敘述裡沒有省略這回事。

不只是女人，男人當中也有那種滿嘴「簡而言之」、「言而總之」，卻一點也不簡要的人；但畢竟若要論及數量還是女人，而且是我們昭和初年這一代的，嘮叨型的人特別多。

我總覺得是尋常小學[1]的國語課本所致。其中尤以「桃太郎」的責任最為重大。

「很久很久以前，在某個地方有一對老爺爺老奶奶。老爺爺上山去砍柴，老奶奶到河邊洗衣裳。」

老奶奶在河邊洗衣時，有一顆大桃子咚咚咚地飄過來。我們就是這麼背課文的，或也因此，孩子的寫作方式全都是桃太郎式。

試以「遠足」為題寫作文。

「早上醒來。媽媽替我做便當。我穿上衣服和鞋子。奶奶替我綁鞋帶。爸爸在睡覺。我跟媽媽去學校，一看，時間太早還沒有人來。我哭了一下。」

記得是小學五年級或六年級的時候。

祖母帶我去逛廟會。發現有人圍成一堆，探頭一看，腰纏肚兜、頭綁毛巾的大哥，手拿紙捻正在說口白。

「進去了。出來了。有孩子了。死掉了。」

這時祖母非常用力地拽我的手，所以沒能繼續看下去。

現在回想起來，在我記憶中，再沒聽過比這個更見省略之妙的台詞。

我的母親七十二歲。我雖然不算特別孝順，但對於老人家至少盡量實打實地來往。因為我認為不把對方當成老人哄或許較好。

母親電話打來時，如果我正在工作或有客人，我就會直說。

「我現在很忙，能否長話短說。」

「啊，是嗎。那我就長話短說喔。」

「長話短說時，用不著再一一聲明。」

「對喔，那樣就不算是長話短說了。」

「對呀。然後呢，找我什麼事？」

「簡而言之——我待會兒再打給你。」

電話就這麼喀嚓掛斷了。

---

1 二次大戰前的舊制小學分為尋常小學與高等小學，尋常小學乃施行初等普通教育的學校。

手提包

大佛次郎先生的名作之一是《歸鄉》。其中，描寫到以亡命形式長期離開日本的父親，在十幾年後自南方歸國，與女兒重逢的一幕。

我手邊沒有原作，因此只能憑記憶書寫，但我記得他們是在庭園見面的。父親問長大成人的美麗女兒，能否打開她的手提包。女兒首肯。父親打開手提包，裡面整理得井然有序。父親很高興自己的女兒成為一個品行端正的女孩，是非常感人的一幕。

想必也有許多人看了電影這一幕為之落淚。我也是其中一人，但我的哭點與別人稍有不同。

如果，我父親是劇中主角——這麼想像，對原作者實在很抱歉。請容我繼續說，換作我們父女，我想絕對不可能是這種情況。

父女在睽違十幾年後重逢。

我父親，平時是個急性子，動不動就大吼大叫，但其實心底也有脆弱且溺愛孩子的一面，所以絕對不可能像《歸鄉》的主角那樣淡然處之，肯定會嗚嗚大哭，弄得眼鏡也霧濛濛，一把眼淚一把鼻涕，場面會很丟人。

就算盡量忍耐，到了「給我看手提包」這個階段也會撐不住。

因為，說到我的手提包，整理是絕對辦不到，動不動還會塞進各種亂七八糟的東西。

畢竟，前不久，我還在包裡放過一隻螃蟹。

在中餐館吃晚餐時，前菜有一道老酒醃螃蟹。這道所謂的「醉蟹」相當美味，但不知是哪裡出錯，明明只叫了一隻卻送來兩隻。

這種情況，藏在我皮包裡的塑膠袋就派上用場了。

通常是聲稱要餵狗，把菜打包回去，所以這玩意據說叫做「doggy bag」。當然狗只聞味道，人來吃也行。我也美其名曰要餵貓，不時打包剩菜。

這時也是，徵得在場眾人的同意後，我把一隻螃蟹裝進塑膠袋。事先也準備了綁袋子的橡皮筋。

雖說已剁成三、四塊，一整隻螃蟹還是相當占地方，我的皮包，是可以因應這種場合的伸縮自如型，所以頂多只是有點鼓鼓的。就這樣又接著去了一家酒吧、一家舞廳。

沒想到，在舞廳，我發覺螃蟹的味道飄散到廳內。又不是大蒜，螃蟹的味道有這麼重嗎？我邊說邊看皮包，當下大吃一驚。淺褐色皮包的下半截已染成深咖啡色。

螃蟹腳和鉗子戳破了塑膠袋，裡面的東西滲出來了。就算再怎麼清洗，也洗不掉這個皮包的螃蟹味。沾了老酒和油的地方乾了以後變得硬邦邦，再也無法使用。

當然不是每次都裝螃蟹，但女人的皮包還真有許多不可思議的東西。有個朋友抱著水桶形皮包。上面小心翼翼蓋著蕾絲手帕，只見微微顫動，悄悄探頭一看，裡面睡著一隻超迷你的吉娃娃。顫動的，是宛如淺粉色花瓣的狗耳朵。

在紐約華盛頓廣場曬太陽的女大學生，帆布袋口半開，雖覺不好意思，還是忍不住偷看。香菸與打火機。零錢包。還有黑黑圓圓的、皮膚疙疙瘩瘩的東西趴臥。難道是癩蝦蟆？我嚇了一跳，結果原來是老花眼看錯了，仔細一看是酪梨。也許是拿來當午餐，整顆酪梨就躺在皮包底層。另外還有一支口紅；一條手帕也沒有。

有的女人拿大包，有的女人拿小包。

若問拎著有很多夾層像助產士出診（現在這種形容詞已經不流行了）的超大

型皮包的人，裡面裝了些什麼，從各種存摺到印章、各種證明書、火險、壽險等各種保單、證券都有。戒指、耳環等裝飾品也一應俱全，簡直嚇死人。

相反地，也有人聲稱不拿皮包。嘴上炫耀不拿，明明就有拿嘛，對方一聽，啪的打開方形盒狀物體給我看。

原來那是把鋼筆與自動筆成套放在一起賣的合成皮製筆盒。

那個人，在黑色的時髦盒子裡放著車鑰匙與奠儀袋，與我一同上香。我暗自佩服此人不會慌慌張張擔心沒有搭配喪服用的黑色皮包。她是一位以獨特個性和演技出名的女明星。

說到我身邊的例子，拿大皮包、隨身攜帶所有家當財產的人多半是長女。

不帶手帕不帶面紙，頂多只有一支口紅和零錢，真有需要時就向人借，這種拿超迷你包的多半是老么，至少好像不會是長女。

若要再舉出一點，拿大皮包的人，開不了口借錢。是那種借錢時會迂迴再迂迴的人。

這種人，出門旅行時的行李也特別多。

即便是兩三天的小旅行，針線包、避難用手電筒，乃至各種護身符、眼藥水、肩膀痠痛時用的什麼磁力貼布都會帶上。還說如果在飯店送洗，時間拿捏不準，因此連小型熨斗都自備，把我嚇了一跳。

雖然現在號稱男女平等，但在女人拿著手提包行走時，雖只是短短半步，總覺得還是走在男人身後。

雖然並無特別理由。

有眠

我用一整天的時間，寫出一本電視劇本。

交出最後一幕，總算喘口氣時，還得參加晚宴。我很想泡個澡，但之前曾在睡眠不足的情況下泡澡泡出問題。

當時我趕在最後一刻完成工作，隨即飛往巴西。我累壞了，抵達旅館，立刻泡澡。我在浴缸放滿熱水，伸展身體。

「舒服啊真舒服！」

我像老太太一樣自言自語，閉上眼睛。

驀然回神，才發覺好冷，渾身冰涼。

我泡在冷水中，指尖腫脹，十根手指頭，全都皺成溫泉標誌的模樣。

外國的浴缸是按照外國人的體型設計，所以又窄又長。身材嬌小的我，為了避免沉下去，必須伸長腳尖勉強搆到對岸，保持腹肌用力，伸長下巴抬頭挺胸的姿勢。即便如此還是不放心，一隻手還抓著（那叫做什麼來著）防止在浴缸滑倒用的安全桿，這才總算開始泡澡。

我很佩服自己在熱水漸涼的這段時間居然沒有咕嚕咕嚕沉下去。大老遠跑去亞馬遜，卻在旅館的浴缸溺斃，那樣未免太丟臉，死都不會瞑目。

話題扯遠了，總之正式入浴很危險。

那麼，起碼淋浴也好吧，但我本來就不相信這類器具。我的友人曾因熱水突然噴出受到嚴重燙傷。那已是二十幾年前的往事，如今器具想必也已改良了。但從此，我總是保持準備起跑的姿勢，小心翼翼地淋浴，以便隨時可以逃走，因此洗完時已經筋疲力盡。

泡澡不行，淋浴也不甘願。我正拿鉛筆寫稿，手有點髒。有了，洗衣服吧。那樣既可令心情清爽，順便也可把手弄乾淨。

我站在盥洗室開始洗貼身衣物。

然後，砰的撞到頭才醒來。

撞到的是額頭。我居然站著任由雙手泡在要洗的衣物中就這麼睡著了。看熱水已變涼，可見我似乎以直立不動的姿勢睡了十分鐘左右。大概是最後力氣放盡身子一歪，額頭撞上水龍頭。

額頭發紅，腫起一個小包。指尖又是十個溫泉標誌，泡得又白又腫，換上外出服時，甚至無法扣上暗釦。

據說很多寫作的人都有失眠的毛病。

我本來壓根沒想過會以寫作為業，如果非得自食其力，我想當體操老師或滑雪教練，或也因此，我至今不知失眠為何物。

不僅不會失眠，還睏得要命。

這次的工作正是機會。我心想這下子可得努力，連忙攤開稿紙。電視劇一集的製作費，是以數千萬為單位。若連播二十六週，要耗資三、四億。成功與否的責任全在我身上——雖不至於如此自戀，但第一集的腳本的確有很大的影響。打起精神寫出好作品吧。

不料，一看到稿紙的白色格子我就忽然想睡覺。鬥志昂揚的時候特別容易犯這毛病。

腦袋好像一片空白。這樣寫不出好東西，還是小睡片刻讓腦袋休息一下吧。大概是這麼想的。

雖然不太睏，但截稿日期早已超過，催稿的電話一旦響起，屆時再也不會有時間睡覺喔。還是趁現在小睡片刻吧。可能也這麼盤算。總之，我趴在稿紙上，真的睡著了。

「這下子睡過頭，完蛋了。」

小時候唱的〈龜兔賽跑〉歌，就是我的主題曲。

同行的朋友娶了一位醫生妻子。不放心我的睡眠症，特地送了抑制睡意的藥給我。是小小的白色藥錠。

攤開稿紙，我在想：

也許是因為手邊有不會睡覺的藥，我一點也不睏。但是，為了預防萬一，還是先測試一下這種藥有多管用吧。

我吞下一顆白色藥錠，在沙發躺平，閉眼假寐。這種藥如果真的有效，就算假寐，應該也會叫醒我。

沒想到，沒過五分鐘我就舒舒服服地睡著了。隔天晚上我又試了一次，還是睡著了。白色藥錠有十顆，只要吃了那種藥，總是比平時更快就呼呼大睡。那是瑞士製的藥，我很自豪向抑制睡意的藥物挑戰成功。那是大約十年前的事。我尷尬地想，不管怎麼想都不太聰明呢。

在哪兒都睡得著是我的專長。

電車、公車、火車、飛機自然不用說，就連與人開會時也會睡著。而且不是打瞌睡，似乎是直接倒頭就睡。

手上同時在寫兩個電視節目。我在A台討論腳本，照例又睡著了。半夢半醒中，製作人的聲音響起。

「那麼向田小姐，妳的意見呢？」

這種時候，別人的聲音，聽來就像耳朵進水時的聲音。

我慌慌張張開始說話。開口之後，才發覺我說的是B台的連續劇。大家都一臉錯愕地看著我。我忽然放聲大笑。要趕走瞌睡蟲，大笑最管用。笑著笑著就醒了。

我正想開口挽回局面時，製作人一臉滑稽地笑著說：

「妳搞錯了吧。」

我也回以顏色：

「對呀，XX先生。」

XX先生，是B台製作人的名字。

我是個饒舌的人，無法精練文字加以篩選，所以不會寫俳句。如果將來，不幸必須寫俳句，我已替自己想好了俳號*，就叫做「有眠」。

---

* 俳號，俳句作者的雅號。

古典

第一次去歐洲，在旅館打開收音機時的感動令我永生難忘。

那是巴黎的旅館，收音機裡說的是法語。仔細想想這是理所當然，但所謂的初體驗，就算是這種小事也很開心。

不過，令我感動的，是接著播出的舒伯特弦樂四重奏。我記得應該是〈羅莎蒙〉（Rosamunde）。

「啊啊，太好了！」我心想，和我在日本聽到的舒伯特一樣。

「我聽過的舒伯特就是這樣。」

所以特別感動。

我曾向父親學過「社歌」。

父親六十四年的人生中有四十年都獻給同一家保險公司。那家公司頭一次有了社歌。近日，將包下有樂町的日本劇場舉辦大型發表會，屆時也會邀請員工家屬出席。父親說，我們全家都要參加，一起大聲高歌。我心想，真麻煩，但我知道如果我敢說不去，會有什麼下場。戰爭雖然早已結束，我家仍然沒有民主主義可言。

吃完晚餐，父親把寫有歌詞的紙片發給全家人，開始練唱。與其稱為唱歌那簡直是念經。沒有高低起伏。通常可聽之處在副歌，但怎麼找都找不到那種東西。只是沒完沒了地一直念經。

我家老爸是音痴。

他自己也承認，念小學時，別的科目都是甲，唯有唱歌與美勞是丙。勉強還能完整唱完的只有〈國歌〉和兒歌〈小鴿子啵啵〉，頂多再加上「觀音經」。

見我們面露狐疑，父親真格生氣了。

「在公司大廳，專家親自來指導我們唱歌。這次我保證絕對不會錯。」

無可奈何。我媽和我還有妹妹們，只好照著父親唱的學。也許是因為我向來有幾分小聰明，學起唱歌特別快。看完音樂劇，回家的路上已可大略哼唱出主題曲，但不知何故唯有這首歌特別難學，我一再挨父親罵。

到了當天。

父親臨出門前：

「不只是社歌發表會。餘興節目還會播映電影，大家千萬要跟好。」他再三吩咐後才出門。

裝扮也是按照父親的交代，穿上最高規格的禮服（不過當然只是學校制服）。總之，精心打扮之後才出門。

放完電影，終於開始發表社歌。

我現在忘記是哪位了，總之有位男歌手上台，在交響樂的伴奏下開始高歌。完全是另一首歌。

歌詞一樣，開頭與結尾也略有相似，但實在難以想像是同一首歌。人家的旋律高低起伏，副歌也很好聽。

這次的痛苦經驗留下了後遺症。從小聽日本人演奏的古典音樂，雖非父親的社歌，但我總擔心是否與外國當地人演奏的不一樣。大概是內心某處感到心虛吧。

我曾在電視上看到小澤征爾先生指揮中國的交響樂團。

教的人和受教者都很認真。一次又一次地演奏貝多芬還是莫札特的曲子。但是，老實說，那不是西歐的音色。小提琴倒像是胡琴。

我想到梅蘭芳主演的京劇。聽來很像那京劇中跟銅鑼大鼓一起演奏的伴奏音樂。

同樣的樂譜，同樣的樂器，為何有如此差異。膚色、語言、服裝、食物，一切的差異，也會表露在這種地方嗎？

由於父親調職，有段時間，我家住在仙台。

我在東京上學，只有寒暑假才回家。

當時還不像現在有特快車，搭乘擁擠的火車得耗費近八小時才能抵達仙台。到家時已是半夜，隔天一早通常渾身無力起得特別晚。但某個早上，我在半夢半醒中，聽到不可思議的聲音。

妹妹在朗讀英文讀本。

我想那應該是類似「腳踏車正在行駛」之類的文章吧，但她的發音、腔調竟是東北腔。

我走到妹妹身旁，糾正她的發音。我說，妳這樣，即使在這裡行得通，等妳回到東京，不，就算去英國或美國，人家也聽不懂喔。

妹妹很委屈。

「可是，不這樣念，會被老師罵。」

她又用仙台腔念了一遍給我聽。

很久很久以前，我曾在朋友邀約下，去過所謂的歌聲喫茶。在身穿俄國傳統民族服裝的歌唱指導員指揮下，合唱〈史天卡．拉辛〉（Stenka Razin）和〈紅色連衣裙〉（The Red Sarafan）、〈窩瓦河船夫之歌〉（Song of the Volga Boatmen）之類的俄國民謠。

起初還覺得有趣，但那種過熱的氣氛漸漸令我厭煩。彷彿只要在這裡手拉手一起合唱大家就是好朋友，說得誇張一點，簡直像集團戀愛的那種狎暱令我心生不悅，於是不再前往。

就在前不久，我去新宿參加與工作有關的聚會。回程，有位與我同屬昭和初期世代的男性同行。我們聊到以前都去過歌聲喫茶，當下決定不如再去重溫舊夢。

一切都與昔日相同。雖然俄國民族服裝已換成牛仔褲，但歌唱指導員還在唱〈紅色連衣裙〉。那指導員突然說：

「接下來，請那邊的爸爸媽媽唱唱看。」

他口中的爸爸媽媽，指的正是我倆。

Part Ⅱ

電視劇

劇作家的特性是什麼？對於這個問題，我總是如此回答：

一、腸胃健康耐操。

二、饒舌又樂天。

三、是個騙子。

忘記說了，這是指家庭劇的編劇，無法套用在有良心的社會派戲劇的編劇身上。

愁煞編劇

一百二十年前，住在中小都市的流氓（而且是名聲鵲起的流氓老大）之妻，究竟是怎麼度過一天的？

電視劇《清水次郎長》的阿蝶就是。早上幾點起床？當時想必還沒有鬧鐘，不，連鐘錶也沒有，她是怎麼醒來的？拿什麼刷牙？化妝品呢？早餐吃些什麼？蛋是煮熟的，還是生的直接澆在飯上？那個年代沒有報紙也沒有早上的新聞節目。次郎長夫婦沒有小孩，所以也不用哄小孩或接送小孩上幼稚園（當時稱為寺小屋）。也不可能一邊啃著零食，一邊翻閱女性週刊或《婦人公論》。

想必再沒有比劇中女子的無所事事更讓編劇想哭。

若是男的還好。男人背靠柱子雙臂交抱，或者坐在簷廊撕腳跟的老皮就行了，但女人若是那樣，家庭劇就演不下去了。什麼都不做還能架勢十足的，頂多只有九條武子夫人[1]與黛薇夫人[2]，一般女人，如果不頻頻動來動去，很難寫台詞。

1 九條武子（一八八七～一九二八），教育家，詩人，後來成為當代活躍的社會運動及女權運動代表。

2 黛薇夫人（一九四〇～），日本藝人，印尼蘇卡諾總統的遺孀。

江戶末期都已是這副德性了，更別說鎌倉時代，劇情一旦設定在八百年前，簡直令人絕望。去年（一九七〇年）我編劇的《北條政子》，就這個角度而言完全束手無策。

政子小姐貴為伊豆大財主的千金，不可能配合作者的需要讓她掃地洗衣服。

無奈之下，我只好寫政子小姐「插花」，沒想到平日溫和敦厚的O導演一看，「花……啊！」罕見地皺起臉。

「花會斷頭，武士家好像很忌諱那個喲。」

我恥於淺學無才，於是連忙改成她梳頭髮。有一就有二，我決定都用這招。就算是八百年前，腳趾甲應該也會長，我本想讓她洗完澡剪剪指甲，但是再想到當時武家千金洗完澡穿什麼衣裳，還有剪刀的形狀，我根本毫無概念。本來就已拖稿讓準備大小道具的工作人員苦惱了，於是只好繼續「政子梳頭髮……」

別說是超市了，連一個像樣的商店都沒有，所以也無法逛街血拼，茶道、花道、歌舞音曲這些課程又尚未普及——縱使早晚想替心愛的夫婿賴朝公泡杯茶，當時也還沒有喝茶的習慣，喝白開水好像有點遜掉了。

於是，為了配合想像力貧乏的編劇，主演的佐久間良子小姐在十集連續劇中，只好動不動就梳頭髮。對此我深感抱歉。

寫連續劇最痛苦的事情之一，就是世人說話的速度愈來愈快。八年前寫《七個孫子》時，我記得四百字的稿紙寫個六十五張就足夠了。可是到了《時間到了喲》，要寫八十張才夠用。

根據小道消息，明治天皇在議會朗讀五箇條誓文[3]時的速度，若照現代的節奏看來，簡直是在吟詩。就連以徐緩節奏反覆進行提問與答辯的國會，與明治相較，在速度上據說亦有驚人的提升，所以家庭劇的人物即使說話變快也不足為奇。但站在編劇的立場，物價上漲，稿費卻沒有跟著調漲，只有劇本的張數增加，難免要氣惱地大嘆不走運。

就這點而言，古裝劇就好多了。武士在遙遠的末座跪地伏身。「靠近點」、「再近一點」、「沒關係，再近一點」、「遵命」云云……在台詞方面也是以徐緩的節奏進行。只要寫個五十五張稿紙還有零頭可找——這種想法，言之過早。

如今，電視的古裝劇已成了現代劇。武士早已湊到殿下身旁，如果不從附耳囁語的場面開始會令觀眾看得無趣。於是，「《清水次郎長》麻煩寫七十五張」。

沒辦法，古裝劇就等於是現代劇扣除電器用品及傳播媒體。不如這麼想吧。無論是八百年前或一百年前，女人肯定也在忙著做些什麼。毋需畏懼時代考證，只要在黑暗中睜大眼，必然能看清政了妹妹與阿蝶夫人的動作。畢竟男女之間的相處模式，無論古今都一樣。

如今，我懷著反省之意，如此肅然改觀。

---

3 一八六八年，明治天皇宣布的明治新政府基本政策。

家庭劇的謊言

「家庭劇裡的家族為何不看電視？」

這是個好問題。

「他們當然也看，只是出現在電視畫面上時正好沒看而已。老實說就連《寺內貫太郎一家》說不定也是邊看黃金五寶（Drifters）主持的《八點全員大集合》邊吃飯，爸爸媽媽都默默咀嚼，眼睛死盯著電視螢幕，不時哈哈大笑——那樣子，戲不就演不下去了？」

「貫太郎是真的在狠狠揍人？」

「如果是真的揍，早就辦喪事了。劇組請來了類似武術指導的模擬打鬥專家，先套好招，然後依樣畫葫蘆而已啦。」

「每週總會打破玻璃或弄破紙門，但到了下一幕就已經修好了耶。那樣子，不會很奇怪嗎？」

「拜託。」

也許因為在寫暴力劇，我的脾氣也變得特別壞，到此階段，已經想吵架了。

「如果動不動就有打電話找人配玻璃或修紙門的場景，觀眾會看得很無趣吧！」

「但那樣總覺得有點作假耶。」

「這不叫作假，這是『約定俗成』！」

還有喔——面對還想繼續挑毛病的友人，我把稿紙重重一放。

「雖說是一小時的電視劇，片長其實只有四十五分鐘。四百字的稿紙，寫個十八張就進廣告，再寫十八張又要進廣告。十八乘以四等於七十二張。在這當中，主題要明確。還要烘托出主角，但是，A演員與B演員的糾葛有三幕。C演員與D演員不會扯到一塊。E演員同時還在軋電影，所以台詞要少一點。高潮戲十足，也要有遊戲場面。有笑又有淚。人家還叫我必須寫出有教育意義又有趣、從幼稚園學童到老年人都愛看的戲。拜託不要再囉哩囉唆找碴好不好！」

見我平日種種新仇舊恨一股腦兒湧上心頭，張牙舞爪，友人慌忙轉移話題。

人們總說家庭劇都是騙人的。身為編劇的我，也如此認為。

但是騙人的不只是家庭劇。戲劇全都是騙人的。愛情劇的女主角，收入有多少我不知道，但昂貴的衣服是換了一套又一套。完全不用掃地洗衣。也不知吃些什麼幾時上廁所。但大家依然寬容看待，想必是因為早在觀賞前就抱著「讓我沉醉吧」這種半移情的氛圍。

刑警劇亦然。歷史劇也一樣。

然而，人情味特濃的客廳，畫面上只見演父親的與演母親的排排坐，再加上演小孩的，一家人一起吃飯——一遇上家庭劇，霎時之間，就變成戲劇的謊言發現機了。

這是為什麼？

答案很簡單。因為所有的觀眾都是家庭劇的「過來人」。人能夠有的體驗，可想而知。體驗過淺丘琉璃子小姐主演的《冬物語》那種轟轟烈烈戀愛的人，幾萬人之中頂多一人，也難得殺人或被殺。比《勝海舟》的編劇倉本聰先生更了解幕府末期的人，恐怕不多。就在觀眾猶在暗自感嘆原來如此之際，戲已經演完了，太好了，下週繼續收看吧——就這點而言，家庭劇很倒楣。

不走運的話，說不定會碰上家庭經驗比我這個編劇和演戲的演員更豐富的觀眾。

況且，家庭劇是在與現實一模一樣的「擬真實」當中進行，布景也是與各位府上大同小異的客廳。也沒有驚為天人的俊男美女出現。台詞都是「豆腐一塊六十五圓」、「味噌湯裡放了什麼」、「東京的報紙鉛字不一樣呢，啊，幫我背上撓撓」這種柴米油鹽閒話家常，同時緊貼著戀愛、夫婦、婚姻——必須像三明治一樣夾著生死攸關的大問題讓故事繼續演下去。即使是小小的謊言也會被立刻識破。

這時候最痛苦的，就是人們把「省略」、「誇張」、「跳躍」、「戲劇化」與謊言混為一談。這一方面固然是劇組的技術欠佳，但即便該齣戲還算成功，也會得到如此批評：

省略＝請描寫得更翔實一點。

誇張＝現實生活才不是那樣。

跳躍＝太一廂情願了吧！

戲劇化＝認真一點好嗎？輕浮！

我們大和民族是何等正經啊，似乎格外熱愛細節與誠實。那麼，如果不省略、不跳躍、按照原尺寸大小來描寫家庭劇，雖非昔日的歌舞伎也得耗上一整天。如果有人願意只為《寺內貫太郎一家》，一天一台，把我包下來，我也可以寫出符合任何人口味的戲——我很想這麼說，但戲劇如果少了省略與跳躍性發展，恐怕只剩下「無聊」吧。

各位究竟想看哪種！

是無聊卻真實的戲劇好，還是想看有趣的戲？如果，各位選擇有趣的，對於些許謊言，就請睜一眼閉一眼吧。不，在謊言之間，不時，也有真實閃現。

劇作家的特性是什麼？對於這個問題，我總是如此回答：

一、腸胃健康耐操。

二、饒舌又樂天。

三、是個騙子。

忘記說了，這是指家庭劇的編劇，無法套用在有良心的社會派戲劇的編劇身上。

編劇的體質與個性，會反映在劇中人物上。

胃不好的編劇寫的人物，好像總是會胃痛，氣勢上不來，收視率也欲振乏力。管他是截稿日逼近，還是被報紙罵得狗血淋頭，反正別人說三道四也只有一週的時效——若非這種好吃好睡神經特粗的人，還真幹不了這一行。

沉默寡言的人，也不適合。家庭劇是饒舌的戲劇。不可能動不動就出現旁白解說，因此劇中人物從自我介紹開始，過去、現在，乃至未來，都得靠台詞來演繹。

沉默的人，寫稿時相對的也會特別辛苦。而且，開朗勝過陰沉，比起講大道理，反應快、懂得抓住要領的人更能勝任愉快。

還有，最重要的條件就是必須會說謊。結褵二十五年的夫婦，怎麼可能那樣滔滔不絕說出內心想法。這時候就得說謊——與其這麼認定，不如視為傳達真實心意的手段，小小的謊言在所難免。說聲抱歉，且容小的撒個謊。而且，撒謊技術高明得讓大多數人都看不出來。

這麼一列出條件，各位應該會發現女人比男人更適合做這行吧。

「區區家庭劇，我也寫得出來。」經常有人這麼說。的確如此，女人全都可以寫家庭劇。

但是，若像手腕拙劣的保險業務員，只會寫自己的事，寫父母手足，寫朋友的事，然後就再也沒題材可寫，這行可做不下去……

不過，這個姑且視為玩笑話，但女人的確切身了解家庭。她們透過四季的花草及菜色、服裝乃至瑣碎的生活習慣來掌握家族。

而且，她們是撒小謊。撒大謊的人請去當政治家。擅長撒小謊的人請寫家庭劇。我如此建議。

家庭劇也分兩種。

一種是寫實的，另一種是我寫的《寺內貫太郎一家》這種喜劇。

愛看哪一種是各位的自由，但喜劇型態的，在觀眾眼中似乎總是比寫實派矮了一截。

悲劇比喜劇更上等。

比起無厘頭的搞笑，扣人心弦的感動戲碼似乎更高級。「一味追求真實」就比「善意的謊言」更上等嗎？

只要一本正經地說話，觀眾立刻深信那是真的。

如果邊搞笑邊演，觀眾便認定那是無聊低俗的鬧劇。我總覺得好像是這樣。

我也覺得，觀眾不擅長看穿嚴肅戲劇中的謊言；同樣地，也不擅長發現不嚴肅的戲劇中倏然閃現的真實。

在現實生活中，人總是不斷說著大大小小的謊言。

「從未撒謊的人，請舉手。」

說著，舉起手的那個人是最大的騙子——就像這個笑話所言。

可是，人們卻莫名其妙地要求劇中人物必須「真實」。那種真實，照我說來，不是「真正的真實」，只不過是電視劇的「恰到好處的真實」罷了。

而且，就連這種恰到好處的真實，在我開頭提到的十八乘以四等於七十二的電視劇範疇內都難如登天。甚至，為了敘述真實，也不得不撒點謊。

請各位明白世上根本沒有什麼徹頭徹尾真實的戲劇。有趣的是，即便是看似真實的紀錄片，其實也是所謂「作假」的表演；換言之，背後也有看似真實的謊言操作。

我很偷懶，再加上腦袋也不好，我決定放棄「一味追求真實」。

看似打游擊的手法，但事已至此，就盡量編造有趣的謊言吧。編造彷彿真的發生過的謊言。說不定，謊言之中，或許會看見真實的瞬間。

我本來已這麼豁出去了，但是最近，某製作人提出忠告。

「向田小姐，如果你老是寫《寺內貫太郎一家》那種戲，就算再寫幾十年，也不會受邀出席天皇陛下的園遊會喲。」

在電視裡，要開玩笑，也相當困難。

我讓演員說了一句台詞：即使忘記父母的忌日，也要看這齣戲。結果熊本縣的一位校長寄來一封很長很長的信：

「我常看妳寫的戲，很欣賞妳。但是，那句發言令我很失望。我正在哀嘆戰後道德教育淪喪、時人蔑視孝道之際，看了妳的《蘿蔔花》。森繁久彌飾演的父親與竹脇無我飾演的兒子之間的親情極有日本傳統風格，非常成功，但那句發言豈不是完全背道而馳！」

對方非常氣憤，我不知該怎麼回覆，校長的達筆令我相形見絀，就在苦惱之際愈拖愈久，終至失禮未予回函。

同樣也是連續劇的台詞：「女人一旦結婚，連走路都會變樣。未婚時代穿著高跟鞋昂首闊步，現在卻踩著拖鞋，劈哩啪啦地上超市——」結果隔天，我去電視台，台裡的負責人與四、五位中年男性正在交頭接耳講悄悄話。

原來是賣拖鞋的大人物來抗議，不過這只是冰山一角。

連一句台詞也沒聽漏，我很感激，雖然必須致謝，卻也有點懷疑，難道大家就不能輕鬆地看電視嗎？

順帶一提，在家庭裡各位日常使用的言詞，在電視上有些是禁語。

「瘋子持刀」*不行。

瘋子這個字眼禁用。

瘋子水（指酒）當然也不行。

「那人是赤色（指共產黨）」的赤色也不行。

下女也不行。粗工也不行。必須稱之為幫傭、勞工。我曾因為用了「粗工」這個字眼，半夜被「勞工」先生打電話來痛罵一頓。不過，這些大哥已經酩酊大醉，幾個人輪流從飯館打來，在我解釋之後，非常爽快地原諒了我，甚至還鼓勵我「好好加油」，令我很開心。

家庭中通常使用的說法不能用，原本張力十足的尖銳對話會變得很沒勁兒。若就廣義思考，這也是戲劇的謊言。在文學、繪畫與音樂的領域，自從情色解禁，已漸漸興起謳歌人性自由的風潮，可是在電視圈，家庭劇仍有不能隨便開玩笑的部分。即便有時會小小受傷，但讓觀眾清楚看見現實，才是真正的溫柔吧。

「又不是在演家庭劇。」

「瞧你講話跟家庭劇的台詞一樣。」

觀諸這種嘲諷方式，家庭劇或許並非真實家庭生活的縮小版。

有時是無聊的夢想，有時或許是漫畫。家庭劇就算再怎麼稀釋真實的家族關係，或者厚著臉皮漫天撒謊，對於觀眾的家庭生活，想必都毫無影響。

---

*「気違いに刃もの」，成語，形容很危險。

雖然有人橫眉豎眼嚷嚷著什麼謊言或真實，但家庭劇，說穿了，不過是晚餐的一道菜。

演得好的話，可以扮演夫妻口角的和事佬或睡前酒。一夜過去便忘個精光，只是片刻娛樂。然後，等到夜晚來臨，又有別的家庭劇在等著。

電視劇可喜之處，就在於瞬間消失。再怎麼說來說去，事後都看不到。對我這種無責任派而言，沒有比這更開心的事了。這表示可以盡情編造「謊言」。

我認為電視編劇在電視劇之外的場合發言或提出請求，是邪門歪道，但還是請聽我說一句。

即使拜託各位別挑毛病找謊言恐怕也不可能，所以各位就儘管找謊言吧。但是，何不一同享受謊言？也請這麼想：原來如此，也有人會這麼想、這麼說。全國有多達一億的人口。說不定，其中也有這種人——能否請各位這麼想呢？

若能以這種眼光看待，即便是預算低廉、趕工製造的家庭劇，也不容小覷。

而且，若是我，這時候一定會編這種謊——若你能夠這樣不斷想出更高明的謊（更真實的有趣謊言），你，絕對可以勝任家庭劇的編劇，吃這行飯。不，在那之前，你的家庭必定很美滿。我敢保證。

電視劇的客廳

「電視劇的客廳，比真實世界更小更亂耶。」

朋友的女兒來《寺內貫太郎一家》的拍攝現場參觀，面帶驚訝地這麼說。

一點也沒錯。《寺內貫太郎一家》的客廳頂多兩坪出頭。老舊泛黑的榻榻米上，掉漆的餐桌一張，小櫃子和餐具櫃，而且，都是便宜貨。另外就是小電話檯上一只小花瓶。這年頭恐怕絕對找不到這麼寒酸的客廳。

但是，這裡，坐著小林亞星飾演的貫太郎，加藤治子飾演的里子在一旁，飾演周平的西城秀樹被揍飛。再加上熟悉的阿金婆（悠木千帆飾）加入攪局，就成了各位熟悉的「貫太郎一家」的客廳。

仔細想想，我從十年前的《七個孫子》開始，到《閃亮亮》、《時間到了喲》、《蘿蔔花》、《馬鈴薯》，寫過很多家庭劇，而且，我現在才發現，贏得大家稍許讚譽的戲，劇中的客廳不約而同都是又小又破舊的日本式榻榻米房間。

有段時間很流行小坂明子這位年輕小姐作詞作曲的歌〈阿娜答〉。歌中，出現將來夢想著與「阿娜答」一起住的理想房屋。如果我記憶有誤還請見諒，但我記得好像是紅屋頂、綠草皮的白房子，客廳有暖爐，「我」坐在搖椅還是什麼上面編織蕾絲。

這很像年輕純真的小姐會想像的甜蜜家庭，再加上那種誠摯的歌唱方式，是我也很喜歡的一首歌。但若是直接用那個當舞台布景寫電視劇，我想，肯定會失敗。

除非設定特別高明，又請到特有人情味的演員擔綱，否則總覺得像廣告片，欠缺真實感。無論是哭是笑好像都變得誇大不實。

所以，我企畫新戲時，首先，客廳一定會盡量設定成狹小、老舊的榻榻米房間。絕對不會放上各位憧憬的那種漂亮家具。窗簾也不用彷彿裝潢雜誌剪下的那種時髦設計，寧可選擇渾沌模糊似有若無的色調。鋼琴和法國洋娃娃、明星的客廳常見的大型布偶也一律謝絕。然後，在衣櫃上方高高堆起舊衣箱，衣箱側邊寫上「父、夏、西裝」之類的字。坐墊也是，看似剛從棉被店送來的那種一律收起，盡量選用像煎餅一樣已經被壓得扁扁的、小小的，好像在屁股底下已滲透屁味的那種。

布景是這樣，置身其中演戲的演員亦然，如果穿著彷彿自時尚雜誌剪下的睡袍或小紋和服，台詞也會變得不搭調，頂多只能穿絣布和服或牛仔褲。一家之主最好是穿大內褲與大外褂。簡而言之，絕對不能弄成理想的家庭、夢想的客廳，這就是受歡迎的家庭劇客廳布置的訣竅。

想想還真不可思議。

如此拚命叫囂要有自己的房子，為何對於近在身邊便可實現夢想的電視家庭劇客廳，卻不想看到夢想實現。

如果給你一億圓，讓你打造理想的自家住宅。

雪白的客廳、時髦的廚房，各位想必會這麼打造吧。但是，一年過去，兩年過去。你置身其中，真的會感到安心自在嗎？

白牆容易髒。毛絨絨的淺色地毯只要東西一灑立刻會留下污漬。如果沒有時時刻刻都像參加正式晚宴般挺直腰桿就很不搭調的餐桌。你不嫌有點累嗎？

盤腿坐在即使腳底板髒兮兮也不用在意、略微磨損的榻榻米上，享受剪指甲的樂趣。挖完鼻孔，偷偷抹在矮桌底下的樂趣。手一伸便能立刻拿到挖耳器或開瓶器的狹小客廳。還有，膝蓋破洞的牛仔褲與穿慣的舊毛衣。附帶一提，雖然滿是缺點相看兩厭，至少相處起來舒坦自在，這就是我的家人。不管怎麼看都不是俊男美女，同樣有著醜醜的鼻子與小眼睛……

狹小破舊的客廳，作為這種自在人生的休息時光，豈非最適合不過。

命名者

自從我寫了《寺內貫太郎一家》這齣電視劇，最常被問到的問題，就是主角的名字由來。

「是取自寺內壽一[1]元帥與鈴木貫太郎[2]大將吧。」

年長的男性一律這麼說，但他們猜錯了。這是發生在東京谷中的石材店故事，再加上離寺廟很近，所以姓寺內。一家之主是個性傳統的胖男人，所以選用看似沉重的「貫」這個古老度量衡單位，再加上太郎——合成「貫太郎」。毫不遲疑就順利選定了這個名字。貫太郎的發音，很篤直又有點笨拙，刻在門牌或墓碑上應該也很好看，所以我自己也很中意。

前幾天，接到一名男子打來的電話，聲稱是一般觀眾，他說生了兒子，想取名為貫太郎。我聽了大吃一驚。

1 寺內壽一（一八七九～一九四六），陸軍元帥。

2 鈴木貫太郎（一八六八～一九四八），海軍軍人，政治家。

我家養了科拉特品種的貓咪。在四處分送的五十幾隻小貓當中，就有三隻命名為貫太郎，但這是貓。把電視劇主角的名字冠在真人的小孩頭上，我總感到值得商榷，但對方的聲音聽來很雀躍，我也不好意思隨便潑他冷水，只好說聲恭喜就掛斷電話。

想想有點不放心，於是我翻出舊算命書，算算看寺內貫太郎這個姓名的吉凶。是算筆劃看運勢。根據算命書上說，貫太郎有吉凶表裡之相。雖然憑著天生福氣和豪爽氣質擁有名揚天下的吉運，但若是走錯一步也有潦倒破滅之虞。

有道理。個性急躁，脾氣一上來，管他是親生爹娘還是老婆，抬手就揍的那種暴力，弄得不好也許會導致生活破產。幸好有里子這位賢內助，以及家族的溫暖救了他。進而也可以說是作者寫得好。就在我鬆了一口氣暗自臭美之際，我又翻了一下貫太郎的母親寺內金的命數。

悠木千帆飾演的阿金婆似乎也相當受歡迎。不過，好像還沒有人說想替剛出生的孩子取名為金，總之替她算命應該也是命名者的義務吧。

寺內金（寺內きん）——十五畫。

有福壽雙全的暗示。

人緣極佳——這點完全不準。劇中的阿金婆，看似對自己有利時當然也會笑臉迎人，但人緣極差。不過，算命本就是有的準、有的不準，還是先繼續看下去吧。雖有幾分倔強，但常識豐富，所以日子過得順風順水，社會地位也很高，握有最後的幸福。

據說是子孫滿堂、家庭運也很好的運數。這個人，就日本阿婆的標準可說是大膽或是特立獨行，每次都會為了出頭或退縮鬧得雞飛狗跳，但就運勢所見，好像會在兒子貫太郎的送終下高齡往生，所以身為作者也安心不少。附帶一提，阿金這個名字，是借用我祖母的。

嚴格說來我算是懶人，但好歹是二十六集連續劇的主角，取名多少得費點工夫。於是我參考雜誌的有獎徵答中獎名單，配合角色的形象，選擇順口好叫而且筆畫不多的字。

我絕對不會替劇中人取黑柳徹子這種寫起來累死人的名字。

有一次，來我家玩的客人看到深藍色玻璃瓶裡插了七、八張細長的畫紙，問我那是什麼。答案很簡單，是男角的名字。我寫男人——尤其是工匠時，會準備幾個自己喜歡的名字，輪流使用。

把岩、為、三、六、哲、米這些字寫下來當成花一樣插在瓶中。不過，即便都是阿三、阿米，一旦決定演出的演員後，我會配合對方的個性再想個本名。以《寺內貫太郎一家》為例，伴淳三郎飾演的石匠阿岩，本名是倉島岩次郎；左豚平飾演的為公本名是榊原為光。

我這人的毛病是不做摘要筆記也不寫大綱，所以命名時也常失誤。把幫傭取名為「鈴子」[3]倒是無所謂，問題是前半段交給印刷廠後，睡個午覺起來就忘了名字。只記得好像是北海道著名的海產……我用還沒睡醒的腦袋想了半天，寫出的名字是「鱈魚子」，被導演好生嘲笑。

在我內心深處，名字要配人物——或許因為有這種觀念，坐計程車時我一定會看司機的名片；也常暗自感嘆：原來如此，此人叫這個名字啊。我對電視新聞播報的犯人姓名與照片也極感興趣。他們呱呱落地時，父母想必也很高興，期盼他們前途無量才取那麼體面的名字，如今，那個名字印在不太體面的臉孔下顯得格外空虛，倒也是諷刺的景象。

過去我寫過很多戲，也替劇中人取過很多名字，卻從未使用自己的名字。我壓根沒想過要用。雖知名字只不過是一時的記號，但總覺得怪尷尬的寫不下去。

也有我偏愛的名字、珍藏的名字。《馬鈴薯》這齣戲中，森光子飾演的三澤民子便是如此。她在《醜女醜男面具》中飾演的島子一名，我也很喜歡。

我喜歡粗俗的名字，所以亞矢子或瑪莉亞這些年輕女歌手的時髦名字我絕不會取。在電視螢幕上雖只有半年壽命，但是內心某處似乎總想取個即便老了也照樣適合的名字。

最近，我很喜歡新戲《山盛食堂》的赤澤鯛子一名。劇中父母取這個名字的寓意是希望她過著幸福的一生，為了祝賀都春美小姐首次參演電視劇，我把這個名字獻給她。

她也有張金目鯛的臉孔，據說她還誇這個名字好，似乎很中意。話說，不知在電視上的成果如何。

3「鈴子」的日文發音與「醃魚子」相同。

家族熱

大約二十年前，有段時期我做過電影雜誌的工作，替現在已經不在的《電影故事》雜誌做編輯。

工作內容是從西片公司的宣傳部收集新片的相關新聞，如果片商尚未決定片名，就先照字義隨便譯個名稱，視工作人員、演員陣容決定適當頁數，改寫成故事，和我目前的工作多少也有一點關聯。無論當時或現在，我都為命名所苦。

某日，松竹西片部打電話來，聲稱有寇克·道格拉斯的新片。片名叫做《惡黨部落》（*Akutou Buraku*）。聽起來殺氣十足，於是我立刻整理照片，片名也用大標題刊出，之後，才知是《愛的行動》（*Act of Love*）。

居然是戀愛片。

不知該怪當時的電話功能不佳，還是怪我自作聰明。總之，我有整整一個月都低著頭走路。

華納電影宣傳部打來的電話，也充滿魅力。

「現在在美國大受好評的新人詹姆斯·狄恩（James Dean）主演的《遺傳之東》要進來了，你可要大幅報導喔。」

這新人的名字聽起來很像大丹狗（Great Dane）的表兄弟呢。我心想，是醫學片嗎？這才驀然察覺一件事。電話彼端的宣傳部O先生，說話帶有一點鄉音。

「是《遺傳之東》嗎？不是《伊甸之東》？」

「對呀，就是《遺甸之東》。」

我差點脫口問他都是說彩色全筆（彩色鉛筆的茨城腔發音）嗎？喜歡挑人家鄉音的毛病是東京人的壞習慣。這次，因為有著名的原作，所以我僥倖免於出醜。但這樣回想下去，簡直沒完沒了。

通常我會把電話中聽到的原片名或腳本的名稱，拿字典查閱後，再加一點微妙的語感，自行取個片名刊出。有時碰巧對方似乎英雄所見略同，等到公開上映看到片名和我取的一樣，彷彿自己成了命名的教母，會很開心，對那部片子自然評價特別高。這種情形發生過好幾次。

開始寫電視劇本後，也取過許多片名，但我自己最滿意的是以下三者：《芳香妍麗》*、《七差異》、《寺內貫太郎一家》。

關於第三個，有人猜是結合了寺內元帥與鈴木貫太郎大將，但這種說法完全錯誤。我只是因為劇中人在寺廟境內經營石材店所以姓寺內，男主角是大胖子所以用日本舊式度量衡單位的貫字加上太郎而已。刻在墓碑上四平八穩，念起來也很響亮，所以我毫不遲疑地決定用這個名字。

《冬季運動會》也不賴，但NHK的和田勉先生說成《冬季動物園》。會被弄錯，可見還是不算好名稱。

說到這裡，我現在正在寫的是《家族熱》。

我原本就是陰錯陽差之下才開始寫作，叫我取個耀武揚威的電視劇名實在不好意思，我比較喜歡那種有點裝瘋賣傻、羞赧抓頭的感覺。可是這次，製作人恐嚇我：

「偶爾也請妳正經一點。」

「請妳有點危機感。」

因此對我來說，這算是很嚴肅的劇名。不過，《家族熱》這個字眼，不是出自我的造詣。是維也納的性科學家斯泰克爾（Wilhelm Stekel）教授的說詞。

通常故事開頭，總是像撿榻榻米上的紙屑之類，描寫的都是為了瑣碎小事鬧得雞飛狗跳的情節。偶爾我也想寫點發人深省的偉大故事，於是從舊約聖經「羅得之妻」的故事得到靈感。

說到「羅得之妻」，我想很多人都知道，是《創世記》的〈索多瑪滅亡〉中的義人羅得之妻。當天主要毀滅罪惡之城索多瑪時，對羅得與他的妻子說：「你們快逃走吧，切勿回頭。」但是，羅得的妻子逃出陷入火海的索多瑪時，忍不住回頭了。

---

*「芳香妍麗」語出四十七字假名涅槃經，意指芳香妍麗的花朵也遲早會凋謝，世間諸行無常。

舊約上說「羅得的妻子霎時化為鹽柱」，但斯泰克爾分析她回頭的理由是家族熱（FAMIILITIS）。

莫泊桑的《女人的一生》中，珍娜在初夜對丈夫感覺不到愛情，進而從冷淡的婚姻生活到離婚，恐怕也是因為對於從小生長的家及父親抱有太強烈的愛。也許是因為對人生只知回顧卻不願往前看。在那方面的主題中，再摻雜離婚，讓女人幸福也讓女人不幸的家族熱；進而，我也想探討一下所謂的家族，究竟是血緣，是愛情，還是歲月？不過，我生來粗心大意，寫完之後難保不會變成「惡黨部落」或「遺傳之東」。

胃袋

偶爾，我會和被稱為偶像明星的年輕人閒聊幾句。問起出道作品，十人之中有十人都清楚記得，立刻告訴我片名。但是——

「腳本是哪位寫的？」

如果我這麼問，十人之中會有九人愕然驚呼：「啊？」

「寫劇本的人叫什麼名字？」

我再這麼一追問，他們會像盲劍客一樣翻白眼陷入沉思。十人之中有七人答不上來。

我再問：

「劇本還留著嗎？」

「不知道耶。呃，這個……」

對方往往會看著身旁經紀人的臉支吾其詞。大概不好意思說已經在收廢紙的三輪小貨車上了，所以不知所措。

雖說如此，其實我自己寫的劇本也幾乎都扔掉了，因此對於這件事比較寬容。

「劇本丟了也沒關係，但是起碼要記住作者的名字。大家都是絞盡腦汁在寫作，可不是灌水。」我委婉地請求。一邊請求，驀然察覺這就是電視吧。電視會消失。

消失的是電視。

電視劇，和報紙雜誌一樣。到了下週、下下週，再也無人記得。偶爾，若還有人記得三年前寫的戲中某一幕或台詞，直可視為奇蹟。

「堆一顆是為了家。」

我不禁想起在賽河原*堆石子的小孩。這種情況，站在我的立場，該如何是好。

要不然就是一年只有一齣也好，寫那種再過五年、十年也難以忘懷，令人渾身發涼的厲害劇本；否則，只能愛惜身體準備做長期抗戰吧。

我是射手座（據說這個星座的人嘴巴特別毒，無法安穩待在一個地方，多半有小聰明），毫無執拗的韌性，所以只好愛惜胃袋，準備與這前所未聞的怪物戰鬥。

---

* 賽河原是傳說中小孩夭折後去的冥府三途川的河畔。小孩死在父母前頭被視為不孝，因此在這裡受苦。為了供養父母，小孩將小石子堆成塔，卻每每被鬼推倒，因此引喻徒勞無功。

從一杯咖啡開始

從一杯咖啡開始，
有時也能開出夢想之花。

小時候，我記得母親經常一邊洗衣服一邊唱這首歌。當時，在我家喝紅茶沒問題，但是喝咖啡半夜會睡不著，因此不准小孩喝。我恨不得快點長大，然後就可以盡情喝咖啡這種東西。

雖然不是因為可以報公帳喝咖啡才去出版社上班，但二十八歲的我，在雄雞社這家出版社每月編輯《電影故事》，主要是介紹外國電影的故事情節。我想大概是入社第五或第六年吧。

說來丟人，我是個極端三分鐘熱度的人，不管做什麼，頭三年都會覺得很有意思做得特別起勁，但很快就嫌無聊了。這份工作也是。可以比世人搶先一步在試映室免費看電影。撰寫畫報的文案，擬定副標題。寫小篇幅的花邊報導，用貧乏的英文猛翻字典揑造外國明星的八卦新聞來填版面，享盡這些樂趣，之後，只剩下從廣告商那邊拿到排版草圖，僅靠三、四人做校正的中小出版的疲勞。美國電影和法國電影的黃金時代已結束，美國這個電影王國也被日漸抬頭的電視壓倒，影城被迫出售的新聞滿天飛。我任職的地方也談不上生意興隆，銷售量江河日下。沒結婚，沒錢，公司也前途未卜——一切都不上不下，當時的我只好靠熱中運動來排遣心情。

那時是冬天。

在松竹總公司的試映室，我與《每日新聞》的今戶公德同席。今戶先生負責廣告，也常來我們的編輯部。

「小黑，要不要去滑雪？」

小黑是我的綽號。夏天游泳，冬天滑雪。從來沒空閒變白。或許我總穿著黑毛衣及一件手縫黑衣走遍天下，也是原因之一。

「我很想去，可惜沒錢。」

「去打工不就有錢了。」

「可是在社外寫稿賺外快會被開除。」

這番對話後，今戶先生邀我去喝茶。在松竹總社旁新開的咖啡店。

「要不妳來寫電視劇吧！」

雜誌的稿子會留下證據，但若是電視，就算出現名字也只有瞬間，所以不用怕。對方說我願意的話可以幫我介紹。

也許是因為時間不早不晚，明亮的店內幾乎沒有客人。塑膠咖啡杯想必是新產品，看起來格外厚重，在半透明的白色底色上畫著橘色花朵。放下時，喀鏘一響。咖啡很淡，我想應該是這年頭所謂的美式咖啡。

我從未好好看過電視。頂多只有在鬧區或電器行前隔著人頭瞄過幾眼摔角節目。

「妳看過那麼多電影一定寫得出來啦。」在今戶先生這句話的鼓勵下，我加入了新人作家團體「Z製作」。每週集合一次，發表日本電視台《專線一一〇》用的劇情大綱。如果寫得好就當作腳本——計畫是這樣的。

我在車站前的麵店觀賞這個節目，先寫了一集大綱。遇害男子的香菸抽到一半，但身上沒火柴也沒打火機。借火給他的男人該不會就是犯人吧——類似這樣——現在想想是相當無聊的玩意，但大概是別無選擇吧。這個故事被寫成腳本播出了。不過我對犯罪和位階勳等都一竅不通，部長刑警與刑事部長哪個官位比較大，我聽過好幾次還是忘記，因此同一團體的前輩格服部先生和我一同編劇。片名我記得是《借火的男人》。導演應該是北川信。稿費——記得是八千或一萬二，總之差不多那個數目。播出次日，我去出版社上班，心裡七上八下深怕東窗事發，幸好沒事。之前聽說這節目很紅，結果也不過爾爾嘛，我記得當時心裡還有點失望。

從此，只要想賺外快，我就想個大綱，送去給人家審閱。我一心想去滑雪，每到冬天就寫一大堆。說穿了其實是季節工。當時的劇本，包括第一本在內，全都沒保存下來。

當時我作夢也沒想到後來會靠這一行餬口二十年，所以播出完畢就把劇本扔了。也沒寫日記，數字年號日期全都不記得，因此也不記得到底寫過幾集什麼樣的內容。

我唯一記得的，頂多只有那天，用塑膠杯喝的淡咖啡。

那時，如果今戶先生沒有請客，並不特別愛寫作的我，這時候，大概已成了為小孩大學入學考試焦頭爛額的教育媽媽。

開頭那段歌詞中的夢想之花，以我的情況，尚未綻放，但咖啡喝太多變成夜貓子，半夜不睡覺已成了習慣。總覺得都是那首歌的錯。

年代我不記得了，但當時呼拉圈曾經風行一時。好像也常在街頭巷尾聽見那首〈黃色櫻桃〉。之後，皇太子立刻與正田美智子小姐成婚，我家也買了電視。翌年爆發安保運動*。彼時的我，財產唯有健康與好奇心而已。

＊指一九六〇年因反對「日美安全保障條約」修改而引發的全國抗爭運動。

夢露、安保、斯搭拉歌謠

我開始在《週刊平凡》兼差做記者是在昭和幾年呢？我向來不擅長數字，所以已經想不起來了，但我還記得頭一篇報導。

那是採訪瑪麗蓮．夢露與狄馬喬來日本度蜜月時替她按摩的人，那人當指壓師太可惜，滔滔雄辯與異樣發達的大拇指令我嚇了一跳。

此人後來在選舉打出「指壓的心是母心」的口號，又令我嚇了一跳。

當時我一邊任職電影雜誌編輯部，一邊做這份差事，當主筆的甘糟章先生說：

「請妳寫視覺性的文章。」

這句話，在我寫日後的電視劇、隨筆以及小說時成了一大暗示。

寫完稿子，聽說安保抗爭者在國會周邊好像有什麼事，和編輯部的人經過一看，車子起火燃燒。傳來新宿某啤酒屋有一名女學生死亡的新聞。

當時我用的是特派記者「幸田邦子」這張名片。急性子的人往往會說：

「妳是幸田文[1]女士的千金吧。」

我只能滿頭大汗地連連否認。那時正流行〈斯搭拉歌謠〉[2]、〈日安寶貝〉。稿費方面當然也相當優渥，但我最喜歡的還是這家公司的自在氛圍。絕對找不到耀武揚威、惡意作對、個性彆扭的人。對時間沒那麼要求準時，桌上也亂七八糟，恰好合我的脾性。即便在不太愉快的事件中，編輯部也抱著好奇心，試圖找出人情味的態度，令我獲益良多。

我在那裡雖只待了不到一年半，為期甚短，但如今想來，我得到的絕不只是稿費。

或也因此，《an・an》和《牛角麵包》[3]向我邀稿時，我就像以前的老鄰居邀我喝茶似地心情愉快，開開心心地回答：「好，樂意之至。」

---

1 幸田文（一九〇四~一九九〇），小說家，隨筆家。父親是明治時代的文豪幸田露伴。

2〈斯搭拉歌謠〉，昭和時代最具代表性的流行歌。斯搭拉是日文すいすいだらだら（suisui daradara）的省略，意指懶懶散散的輕浮模樣。

3《an・an》（アンアン）、《牛角麵包》（クロワッサン）和《週刊平凡》皆為當時平凡社出版的雜誌。

菸灰缸評論家

坐計程車遇上塞車總教人心浮氣躁，但司機若是言語風趣就會好過多了。是什麼起因我已忘了，總之我和司機聊到電視。當然對方並不知道我是做哪一行的。

「您都是看什麼電視劇？」

他隨口報出兩三個片名。那時，我寫了兩齣戲，但他沒提到我寫的戲。我有點嫉妒，再次追問：

「哪裡好看？是因為劇情嗎？」

「劇情是我老婆在看的。」他停頓了一拍後回答。

「真格說來，好在菸灰缸。」

初老的司機，慢吞吞叼著香菸點火。

「別的戲都亂演。明明是一般老百姓的家，卻放著會客室用的那種菸灰缸。那怎麼行呢。」

到達目的地之前，他一直大發議論點評電視劇的好壞，他的標準就是戲中使用的菸灰缸好壞與否。

我的友人之中，有位女性與兒子媳婦分開住，此人每次看完我的戲一定會打電話來。

「加藤治子那種黃蘿蔔乾的切法太不像樣了，泡茶的方法也不對，虧妳居然還能忍得住不吭氣。」

對她而言，電視劇是折磨媳婦的代償作用。

電視劇的觀賞方式形形色色。

有人當成是在看大眾小說，也有人從中得到人生啟示。有人參考女演員的髮型與服裝，也有人只看戲中一點——菸灰缸。

我想寫出既能得到專業評論家讚揚，也能讓這些市井無聲評論家滿意的戲。寫作實在是一行痛苦買賣。

電視的利用法

記得是美國小說吧，有「愚蠢的箱子」這個字眼。指的是電視。我是大約十年前看到這個字眼的，當時心想，果然有理。

世間常言，上電視或製作電視節目的是三流人，看電視的是二流人。絕對不看電視的是一流人。但不管怎樣，對於電視似乎都沒有什麼好字眼。

可是，這個「愚蠢的箱子」，只要換個想法也可以有種種樂趣。例如西部片的觀賞方式。四、五個朋友在電視機前排排坐，把聲音通通關掉，每人負責替一個角色配音，想到什麼就說什麼。這時，故事情節自然不消說，就連劇中人是正派還是反派角色都不知道才好玩。雖然什麼都不清楚，卻更能顯現出那個角色的個性，而且，故事也會朝無厘頭的方向發展，比拙劣的喜劇有趣數倍，還能做做頭腦體操。

電視劇也是，用不著規規矩矩地坐在電視機前看完一小時的戲。才看這個又轉那個。以迅如飛燕的動作，每隔三分鐘就換一台，把七個頻道（東京地區）轉來轉去。這麼看，就像從上方俯視被亂剃毛的七匹羊，但不可思議的是，即便這麼看，有趣的戲就是有趣。

我朋友家的貓，只要烹飪節目開始就會坐在電視機前目不轉睛；某影評家養的貓是超級棒球迷，據說還會唰的伸出前爪或跳起來想抓電視螢幕上的球。

相較之下，我家的公貓和飼主一樣懶散，看到電視，只會趴在上頭，一臉輕蔑地盯著正在寫電視劇的女主人。我關掉聲音，把電視當成貓的保溫箱，繼續埋頭工作。

大綱第一

我想當編劇……我曾收到這種來信與電話。

我懶得提筆所以很抱歉沒回信。但我獨居，總不可能不接電話。其中，有個聽來像是中年女人的聲音這麼說：

「妳寫的戲中出現的那種故事，我知道一大堆。我覺得自己也能寫，但整體大綱就是寫不好。請教我訣竅。」

我又不是賣關東煮的，問我怎麼做牛筋*我可傷腦筋了。我自己還想請人教我，所以只能道聲歉掛斷電話。

據說有個說法是「一大綱，二跳過，三演員」。

好像是電影圈的人說出來的，企畫腳本第一。之後只要能找齊演員大致就沒問題，大概是這樣吧。在「二」跳過省略之處，我認為該放進導演領銜的一干工作人員，但現狀又是如何呢。

「一跳過，二跳過，三演員」。

---

* 大綱（すじ）與筋肉同音。

變成是這樣。

很久以前，我寫古裝戲的腳本費和布景用的盆栽出租費同樣價錢。我很生氣，對方叫我修改台詞時，我忍不住毒舌：

「你去叫盆栽修改不就好了。」

盆栽當然也很重要。如果盆栽從現在所有的電視劇消失，或許的確會很殺風景，但就算集合一千棵松樹，也成不了電視劇。

我本想撰文呼籲別在劇情大綱上斤斤計較捨不得花錢，忽然有點在意，於是翻開字典裡大綱這一項。

「筋．筋魚板：把魚筋或魚皮混入肉裡製成的下等魚板。」下等這個形容詞令我耿耿於懷。

七不思議

電視家庭劇裡出現的客廳，皆有某些不可思議的現象。

根據想到的信手列出，首先，客廳沒電視。這年頭居然有客廳不擺電視實在匪夷所思，但戲中人若是盯著《阿欽》[1]搞笑看得入神，默默吃飯，編劇很難寫台詞，所以不能放電視。

不過，非有不可時，不知從哪拉出來的，突然就擺著電視機了。

全家圍著方形餐桌的三邊吃飯，一定有一邊空著，這也是家庭劇吃飯時的固定模式。說穿了很簡單，只是為了電視攝影機的鏡頭。

客廳也沒有暖氣和冷氣。餐桌上擺的菜盤子往往和人數不符。這大概是受限於電視台的預算。

還有，就女人的眼光看來，往往布置得很不順手。客人上門，端出茶水點心招待時——

「爸，那邊請你挪開一下。」

1《阿欽》（欽ドン），荻本欽一主持的綜藝節目。

往往是這樣的家具擺設。

我認為，客廳應該溫馨又凌亂地堆放著各種莫名其妙的破銅爛鐵，但家庭劇的客廳，想必，是因為主角的母親善於一絲不苟地收拾整理，總是整整齊齊。再怎樣也不可能在餐桌上躺著硬邦邦的法國麵包，或在餐桌下扔著看到一半的《赤旗》[2]。換言之，客廳沒有散發出居住者的個性。所以，家庭劇索然無趣——寫到這裡，慢著，我驀然察覺。

或許是因為沒個性的企畫、沒個性的腳本，客廳才會跟著失去個性。如此說來，朝天吐出的口水，等於掉到自己頭上。容器不重要。還是靠內容決勝負嗎……

2《赤旗》，日本共產黨中央機關報。

劇作家

所謂的職業，不知究竟有多少種。

我曾聽說有五千種，也曾聽說細分起來多達三十萬種。這麼龐大的數量，對於他人的職業，尤其是新領域的職業，難免容易產生誤解與錯覺。

被人問起職業，無奈回答劇作家。

「那妳寫字一定很好看。」對方佩服地說。

「沒那回事。我那手字跟鬼畫符似的，連我自己都認不出。」我都這麼說了對方還是不相信。

「看似一樣，還是有高下之分呢。」

作戲技術不高的我垂頭喪氣之際——

「厲害的人，據說一張原紙可以刷兩百張呢。」

我這才明白對方誤以為我是劇本的謄寫人員。因為事關今後，我連忙滿頭大汗地解釋我的職業。

「這樣啊。妳是寫電視故事的人？」

對方終於明白了。我還來不及高興，對方接著又問了：

「那麼——對白是妳寫的，『樣子』又是誰寫的？」

「樣子」有時是導演設計的，但重要動作及人員出入，是作者事先寫好的喲。我再次詳細說明。

「原來如此。妳這行還挺費腦筋的呢。」

以前當過鷹架工人領班，現已年近七十的老人家，一邊看著我的臉，一邊如此說道：

「你也很辛苦呢。我常看妳寫的《蘿蔔花》，森繁*說的都是至理名言呢。也很博學多聞。寫那種人的故事一定很費工夫吧。」

然後又說：「字寫得很好啊，下次替我寫門牌吧。」

不知他究竟以為劇作家是做什麼的買賣。

---

*森繁久彌（一九一三～二〇〇九），是向田邦子一系列作品的主要演員。

難忘的臉孔

這是很久以前的事了，我本來正在翻閱週刊，驀然停手。

那是長崎蛋糕之類的廣告頁。一名少女坐在秋千上，面帶睏倦地趴著。感覺上，《天倫夢覺》的茱莉．哈里斯的少女時代大概就是這樣。

如果沒記錯，她就是那位以童話風格的筆觸長年占據週刊封面的畫家之女。她的表情實在很棒。

身材纖瘦臉蛋又小，沉默寡言，嚴格說來很內向的女孩——

「如果拒絕，父親會很為難，所以只好點頭答應了，怎麼辦？」

羞澀與困惑中，又帶有一點點憤怒，就這樣緊握秋千的繩索。

彷彿看見鮮活的女孩臉孔。

我很想以這樣的女孩為主角寫一齣戲，也跟電視台的製作人談過。

不知為何，我總覺得，最近，明星不分男女好像都是同一種類型、同樣的長相。身材高䠷雙腿修長。很瘦。雙眼皮。鼻子也高挺得不像日本人。

男的聲音像仍停留在變聲期，女的口齒不清奶聲奶氣走可愛路線，語尾上揚，以同樣的聲音說同樣的話。

尤其是關於「美」，我總覺得正以肉眼看不見的氣勢加速時尚化。

彷彿有人發號施令，讓年輕人全都變成一樣的臉孔，說同樣的話，順便連腦中想法都一樣。對這種號令，難道就沒有哪個有勇氣的年輕人堅決說NO嗎？不管大家都穿牛仔褲，蓄鬍，還是戴假睫毛，只要不適合自己就堅決不接受——而且愈看愈讓人感到順眼，我正在找這樣的人。

打招呼

廣播及電視圈是很奇妙的地方，比方說半夜有工作或見面時，會互道「早安」，離開時會互道「辛苦了」。

距今十幾年前，剛出道的我，老是不習慣這種打招呼方式。

在某廣播電台，開會完畢準備離開時，我不禁以平時的語氣脫口說出：「那我走了，再見。」

也許是因為我的說話方式太像外行人，惹得哄堂大笑。我很不好意思，再加上也莫名氣憤，於是一頭衝出會議室。結果，不幸勾到錄音機器，新洋裝就這樣狠狠勾破了。

最近，沒這種事。

連續劇第一集對台詞那天，飾演結婚三十年夫婦的男女演員似乎是頭一次碰面，打招呼說聲「請多指教」，然後在相距三公尺遠的位子坐下相敬如賓地翻劇本，似乎也被視為理所當然。

「主演明星抽不出空檔。」電視台這麼哭訴。

「真拿你們沒辦法。」我只好一邊抱怨，一邊寫主角去出差之類，編造種種遁逃之道。

我發覺即便是深夜，自己照樣不假思索地道「早安」說「辛苦了」。不知不覺中，我發覺自己已漸漸隨波逐流。

於是我萬分懷念地想起十幾年前那個告別時說「再見」，被人笑話之後勾破衣服的自己。

我已忘記當時的初衷。

那時的衣服是什麼顏色、什麼樣式，皆已印象模糊，不復記憶。

Part Ⅲ

食物

難道就沒有那種美味便宜又乾淨、女人一個人也能放心光顧的日式飯館嗎？我開始迫切這麼想，是在三年前。一方面固然是因為工作忙碌弄壞身體，不過坦白講，離開父母身邊十五年，替自己一個人煮飯也已厭倦了。

廚師志願

陰錯陽差之下，我現在從事電視及廣播的編劇工作，但其實，我本來想當廚師。

女人會化妝，手溫也高。我也知道女人不適合當廚師。我自己也覺得，除了母親之外的女人，做的生魚片或飯糰總是有股腥味兒不好吃，所以不敢奢望站在餐廳廚房執刀；但至少，我想當小餐館的老闆娘。

——即便現在，我仍相當認真地如此考慮。

首先，找個小巧的店面。讓我願意直接把整個店面連帶設備全部頂下來的店，其實在六本木一帶有一間。

小碟小缽，就用三年前開始一點一滴收集的舊瀨戶瓷器。我家的小碟小缽，是京都某古董店的女店主特別割愛，可惜，頂多只有十客。多半一套只有五客，所以吧檯區的位子必須控制在十人以內吧。

進貨。這個由我來做。

一是材料，二是刀工。沒有三和四，五是器皿。這，是我的信條。材料絕不能小氣，要買最好的。

菜單。這又是一種樂趣。

剛上市的蔬菜。當令的鮮魚。集合各種材料，擬定當日菜單。

若是現在這個季節——我很想這樣大言不慚，但這就是素人可悲之處。在我寥寥可數的三、四十道菜單中，只能從請人家吃過贏得好評的菜色中勉強挑選。前菜，是小黃瓜與土當歸蘸味噌。至於冷盤，就在青花的冷盤碟子裡，放上山藥絲，上頭再點綴一小撮滑菇吧。哦，還是要清爽一點，拿山葵與海苔用三杯醋涼拌？

這樣在稿紙上擬菜單，總是可以玩上一小時之久。

對了，用京都送來的會津小漆碗盛裝清口用的湯菜吧。梅乾去籽用水沖過，把烤過的海苔揉碎，放點山葵泥，做成清淡的湯汁。這是我從六本木的鮨長偷學來的一道拿手菜。

好了，菜單搞定了，問題是客人。

每年寄賀年卡來的那些人，至少會來捧場吧。但他們如果吃魚的樣子難看，或者亂講話，我這個女老闆脾氣火爆，肯定會立刻發飆，不客氣地開罵。

說不定會說：「連這個味道都不懂，你是味覺白痴嗎？」

相對地，我對奉承話毫無招架之力，一被誇獎就會樂翻天，八成會說，再來一碗吧，這盤算我免費招待。這點，也得小心。

說到這裡，友人好像曾提過，小餐館最麻煩的是事前準備與事後收拾。

我喜歡洗碗盤，但不知為何很討厭擦乾，所以這項工作得找別人做。打掃，這個我也不行。記帳，數字只要超過十我就頭暈了，所以這項工作也得交給別人。稅金，這個也要找人處理。結帳收錢，這項也是，我沒膽面對別人，卻又死要面子，明明討厭卻開不了口，所以——不行。

如此一來，我的夢幻小餐館經營漸漸出現危機。

「唉，頂多撐個一季吧。」

友人們嘲笑。所謂一季，是電視劇十三集。指的是三個月。

心有所期……

去別人家吃飯，不知為何總是特別好吃。忘記是《方丈記》還是《枕草子》，書中的古人說得好。

「心有所期」，方食。心有所期，意思指有所期待。

我對工作雖是徹底的懶人，唯獨對吃的很講究，碰上有人請吃飯，我從前一晚就開始摩拳擦掌。如果算準人家請的大概是法國菜，前一晚我會吃日本菜。哪怕截稿日期將至也把稿子撇開不管，充分睡眠調整體能。早餐和午餐會刻意吃些不油膩但也不會太清淡的東西以備晚上的大餐。切切不可省略午餐。如果餓太久，會吃不出東西的味道，肚子咕嚕叫更是丟人現眼會坐立不安。

傍晚必定先泡澡。衣服要挑選腰部不會勒太緊的樣式，香水會影響到餐點的香味所以盡量少用。對我來說這時候是最愉快的，因為正是「心有所期」。

最近，百貨公司及車站內開設了很多有名的餐廳，即便是名聞遐邇的美食，也只須多走幾步路便可輕易買到。或也因此，相較於以往，總覺得少了那麼一點稀罕味兒。

基於這種心情，我不時大費周章地訂購美食。

「吉野拾遺」就是其中之一。這是奈良的松屋本店尾上，這家名稱有點特別的特產點心，用當地名產吉野葛摻上少許甜味做成乾的糕點，再一一用薄紙包裹。直接吃也很好吃，把略深的湯碗加熱後放進去注入熱開水，就成了極為高雅的頂級葛湯。我經常送給母親彌補平日的不孝，或者帶去探望病人。有一次，我送給胃剛開完刀的人，對方後來道謝說，本來什麼都吃不下，唯有這個喝得下去。冬天探望感冒的病人或討好老人家，送這個應該也不錯。

若要再舉一例，我想推薦「鶯宿梅」。

這是把醃梅子的皮與籽都去掉，把梅肉和切碎的昆布拌在一起製成的珍味。來自北九州的小倉。裝在手工燒製的漂亮小罈子裡。一打開，先是紫蘇葉，接著底下露出梅籽仁。那是梅乾的籽剖開後，裡面那塊白色的核仁。小時候，大人總嚇唬我說吃到那個會遭天罰，字會變得特別醜。但過了不惑之年，寫字已經不可能再更醜了，所以我安心享用。微帶苦味真好吃，吃完我會把生醃魷魚裝進小罈子裡，可配飯吃或者送人。

這種鶯宿梅，我送給一位法國人，對方問起名稱的由來我卻不太確定，當下出醜，於是回來特地查字典。

據說背後有這樣的故事：村上天皇見清涼殿的梅樹枯萎，遂命人移植紀貫之[1]女兒的院中紅梅，她寫了一首詩奉上：「既有皇命不敢違，鶯宿何處無從答。」於是天皇就把梅樹還給她了。《大鏡》[2]及《拾遺和歌集》[3]好像都有這個故事。

《大鏡》與《增鏡》[4]——早知道學生時代就該多念點書，我一邊這麼想，一邊在白飯上放黑色海苔。筷子尖蘸點淺紅色的鶯宿梅，一邊依依不捨地看著小罈底部一邊吃飯也別有風情。

訂購遠地名產特別費事。去郵局排隊匯款的確很麻煩。鶯這個字光是寫起來就累人。這也是「心有所期」的一種。匯了錢，想到差不多該寄來了便心癢難耐，一邊盤算收到時該分送給誰誰誰一邊等待，正因有那片刻時光才美味。

---

1 紀貫之（約八七〇～九四五），平安前期的歌人。《古今和歌集》的撰者。
2《大鏡》，平安後期的歷史故事。作者不詳。
3《拾遺和歌集》，平安中期的敕撰和歌集。撰者不詳。
4《增鏡》，南北朝時代的歷史故事。一般認為作者是二條良基。

細膩的野草滋味

嘗到野草的滋味後，才發覺以前吃的原來都是死掉的蔬菜。平時，一概稱為雜草的草類當中，原來也有形狀這麼楚楚可憐，味道如此細緻的東西啊，我為之驚嘆瞠目。

白茶花的花瓣，油炸之後，變成淺焦糖色，在舌間留下內斂優雅的甘甜。日本鹿藥如果拿來乾炸，顏色就像杉木筷子染了色，變成鮮豔的翡翠色。刺嫩芽裹麵粉油炸若是王者之味，這種日本鹿藥便可堪稱女王級的美色與美味。看似淡泊，實則味道強烈濃郁。

谷地上空，有兩隻老鷹在慢吞吞兜圈子。也許是在覬覦鹿肉和油炸山當歸。趁著沒被搶走之前趕緊配紅酒享用。酒杯中散落著櫻花的花瓣，染成淺紅色。

年年歲歲不見得人相同。人有生老病死，大自然卻年年在同一時間同一場所同樣地開花結果。這是多麼強悍和平的生命力。

「天行健。」（《易經》）

我驀然想起這句遺忘已久的話。

「飯屋」繁盛記

難道就沒有那種美味便宜又乾淨、女人一個人也能放心光顧的日式飯館嗎？我開始迫切地這麼想，是在三年前。一方面固然是因為工作忙碌弄壞身體，不過坦白講，離開父母身邊十五年，替自己一個人煮飯也已厭倦了。

再加上我生長在唯有餐桌特別熱鬧的家庭，外食和一湯一菜的簡餐總覺得吃起來很冷清。可是要利用工作空檔弄三、四道菜，天天如此還真得花上不少精力。

精心挑選的米飯。煮魚和烤魚。當季小菜。可以的話，若能再來個高湯煮油豆腐或一小口咖哩飯，那就更好了。

湊巧與植田逸子、加藤治子、澤地久枝三人聊到這個話題，我發現大家都有同樣的苦惱。

「難道就沒有適合的小店嗎？」

眾人一同嘆氣，我忽然靈機一動。

「自己開不就好了。」

我向來三分鐘熱度。

有部電影的片名是《有什麼好玩的事嗎？小貓咪》，如果把那隻小貓咪換成野貓就是我。也許是因為個性輕浮，我從來沒有「這條路一根筋走到底」的執著，過個七年，就想換點新鮮的玩。從電影雜誌編輯到週刊作家，再到廣播節目編劇，不過這十年來倒是一直乖乖寫電視劇。

如果煮菜會厭倦，那就開個賣小菜的店好了。

不知是幸或不幸，我家的人不但貪嘴好吃，似乎也有嫁得晚的血統，么妹和子已過適婚期，仍待字閨中。拖著這個妹妹，我決心開店。

妹妹本為火險公司的粉領族，離職後自一年前起在五反田經營「水屋」這家小咖啡店。好不容易有了固定顧客，看來應該不用擔心一個女人家養不活自己了，但店面離大馬路有段距離，說到蓬勃活力，總覺差強人意，少了點趣味。

「業餘小偷以安全度為準，專業小偷則是以危險度為準喔。」

連我自己都不好意思用這種詭辯糊弄妹妹，同時也想起以前祖母經常哼唱的咚咚歌謠。

既然要做，就做個大的，
收攏晴空擤鼻水，
不成功就爆炸咚咚。

愛做菜，也學做過日本料理一段時間的妹妹很是心動，還說她老早就想著將來開一間這種店。

不過，我家的人多半是拿死薪水不解風情的人，沒做過任何賣酒陪笑的行業。母親那邊的親戚也只有開雜貨店和石材行的。我想，就算為時已晚也要實地見習一下，養成「歡迎光臨」的感覺。

我把妹妹送去實習的地點是青山的「越」。在六本木、赤坂及青山設有分店的「越」社長月森，很會照顧人，

「我向來不收女孩子，不知做不做得來。」

雖說如此，還是讓她從坐收銀台到端盤子，最後有段時期還進了廚房。

妹妹在那裡讓人家照顧了十個月。

或許因為是老么，脾氣驕縱，嚴格說來臉算是很臭的妹妹，最近在電話中的聲音居然殷勤得判若兩人。

得知赤坂有間十五坪的店面，是今年的一月底。

之前據說在六本木大馬路轉角的鞋店地下室，有個十二坪的店面要連家具一起頂讓，但我放棄了。

理由，是因為做這行據說已有五十年的資深房仲業者講了一句話：

「賣鞋子的下面賣吃的恐怕有點那個。」

而且當時，我的友人之間發生了兩起酒後跌倒意外。我可不想萬一出了什麼事連覺都睡不安心。

就這點而言，赤坂的店面位於一樓。地點與面積都沒得挑剔，相對地，權利金也不便宜。因此，超出了預算。

但是——「開店就看地點」。

拿我已付清房貸的公寓做抵押向銀行貸款的事也已談妥，我決定豁出去全賭在這上面了。選定三月一日這個黃道吉日正式簽約。裝潢設計交由高島屋設計部，施工找的是北野建設。

我向他們提出三項要求。

關於火、水、煙（空調）的基礎工程，請不要吝惜預算。相對地，內部裝潢盡量省錢，用好品味掩飾過去。

吧檯與椅子的高度請放低。

撇開十幾二十歲的年輕人不談，對我們這種中年人來說，客廳的家具和辦公室的桌椅都有點嫌高。為了放輕鬆，我想盡量把家具做得矮一點。

設計師平松健三先生完美地實現了我這些要求。用倉敷風格的白牆配紅色布簾做唯一的重點，是簡潔的日本風格。店內是細長的和室，只好犧牲員工的更衣間。吧檯有八個位子，四人座的桌子有三張。後方還可以視人數多寡再添兩張桌子。基本上可容納二十八人，但擠一擠可以塞得下三十二人。員工只有妹妹和廚師及另外三人。

店名是「飯屋」。

社長是妹妹。我當董事，只出資金和一張嘴，不插手。打雜兼拉客兼心血來潮時打工當陪酒小姐。

「飯屋」的商標及火柴盒設計好後，就去瀨戶買餐具。我們開的不是大型料亭，只是風一吹就會飛的小店，大老遠專程跑去實在不好意思，但我本就喜歡陶器，一直很想參觀一下窯場，況且說實在的，大概也想醞釀一下那種心情吧。瀨戶當地鄉親的溫馨接待，與我對今後即將起步的新工作的期待重疊，如今回想起來，那是最快樂的時期。承蒙對方以驚人的低廉價格賣給我一萬個筷架當作開店贈禮，似乎也是一帆風順的好兆頭。

不料，回來一看才發現問題大了。工程完全沒進展。把地板剝光（拆開）一看，據說原來架設的水管有問題。若是咖啡店或酒吧之類的乾式廚房倒是沒關係，但是用水量大的小餐館配備的濕式廚房就大有問題。我明明之前再三交代過，事到如今居然還出這種麻煩簡直令人啞然，但沒簽約之前，不可能拆地板。即便找的是專家，還是難免出這種意外。為了徹底重做的費用及開張日期的延遲，展開一番相當緊張的交涉，幸好在相關人士的誠意下，總算塵埃落定。比原先預定的晚了一個月開張，拖到五月一日。

正式見客

以辣炒蓮藕與馬鈴薯燉肉下酒　最後再來一口咖哩飯——順便打包小菜回家——我們開了這樣的店　從赤坂日枝神社大牌坊對面巷子進來的拐角第二家　店面雖小但菜色都是親手烹調　氣氛與價格保證不用緊張　請務必來捧個場

這就是邀請卡的內容。

開張當天，下著傾盆大雨。

而且，到了開店時間的下午五點更是狂風暴雨。即便如此，還是沒客人進門。雖然今日開張致贈薄禮的招牌被風吹雨淋，但入口明明放著明星送的鮮花，大家卻只是探頭看看店內便過門不入。

是不敢進來嗎？是裝潢太摩登嗎？當著員工的面，我雖然滿面笑容，其實心裡已急壞了。還是摒除雜念從門口檢查一下吧。我撐傘走到外面，當下失聲驚呼。

居然掛著「準備中」的白牌子。

一拿下牌子，客人立刻湧入。之後，已成了忙得暈頭轉向的戰場。

雖說一半是親朋好友來祝賀，客滿還是令人很開心。沒想到，意外接連發生。

首先，也許是人體散發的熱氣與店內的乾燥所致，大盤裝的小菜居然乾掉了。吧台上，用大盤子擺放著馬鈴薯燉肉、辣炒蓮藕、薑汁滷肝等立刻可以端上桌的小菜，轉眼之間已發皺變硬了。雖然一有空閒就澆上滷湯，但忙得團團轉時已無那種餘暇。

乾掉的，還有一樣。不知何故簽單用的原子筆全都寫不出墨水。更傷腦筋的是，收銀機因故沒有及時送來，只能以算盤算帳，結果，也許是因為旁邊就是燒開水的地方，濕氣令塑膠做的算盤珠子黏在一起，本想撥一顆，卻老是兩三顆一起撥起。文具店已打烊，只好跑去附近賣酒的商家，借電子計算機來應付。

頭一天煮的白飯不夠，也是慌亂的意外之一。「白飯無限供應」、「附贈海苔香鬆」是本店的拉客招牌。「飯屋」若是沒有飯連冷笑話都不算，但那玩意縱使立刻洗米煮上，也不是五分鐘或十分鐘就能派上用場。妹妹只好抱著碗，殺氣騰騰地直奔隔壁賣串烤的「若」。少東家慷慨大方地借了飯給菜鳥媽媽桑。

九點過後，雨終於停了，陌生的客人也進門了。我如釋重負地一看門口，居然有人正在拔祝賀開店的鮮花。

我連忙衝出去委婉阻止，反而被搶白一頓。「開店的花被拿走，是生意興隆的象徵。妳該感激才對。」

面對抱走紅玫瑰說要拜佛的老人家，以及略有酒意的女性，明知這些人說不定將來也會成為顧客，但頭一次聽說這種規矩的我，只能張口結舌。花在打烊前被拔個精光，只剩下寫有明星名字的牌子。

這樣寫下去沒完沒了，但我聽說在粉領族與家庭主婦之間，很多人都想開一間賣時髦和食的餐廳，所以根據我們的小小經驗與失敗談，寫出各位起碼該知道的事項。

• 冰箱要大，容器要小

我們的冰箱是特別訂製的，但我很後悔沒買更大的。相對地，餐具小一點比較好。我自以為對陶器很有眼光，所以選用自己喜歡的餐具，結果有點失策。馬鈴薯燉肉用的平缽，自家用是很好，但用在必須快速端給客人的店內，馬鈴薯會在缽裡開起運動會。小餐館用的餐具多半是深底小缽，不會又平又大，說穿了，就是可以讓少量的菜色看起來更豐富。還有，軟陶拿起來雖然柔潤溫暖很有味道，卻容易破損。家庭用與做生意用的完全不同。

• 人脈比資金更重要

開店做生意，不是靠錢，是靠人。這點我有切身領悟。光靠一兩人的力量，絕對無法讓店開張。資金可以向銀行借。但人脈卻無處可借。

幸好我們開店時，妹妹原先任職公司的上司與同事衷心捧場。我的工作夥伴與友人，也一個拉一個，透過關係從設計、宣傳到拉客都替我們一手包辦。平時常吵架的弟弟與出嫁的妹妹也帶著伴侶來替我們打氣，讓我發現開始做生意時，「兄友弟恭夫婦和美」[1]尤其重要。

不過話說回來，我前年才把滿抽屜的名片和三年份的賀年卡都整理掉，令我很扼腕。要是早知道要開店，我絕不會丟。一人變兩人，兩人變四人，雖非叫賣蝦蟆油，但客人的確會帶來更多客人。總之，三、五年前就抱著這個打算，廣為結交，勤於整理交友名冊是很重要的。

•小心垃圾放置場

「飯屋」或許之前曾空置過一段時間，緊靠店旁就是垃圾放置場。既然要把垃圾放到路上，總得有個地方放置，但在餐飲店前面出現垃圾可不妙。我很希望每三個月就能換一次地方，或者請大家丟垃圾時弄整齊一點再丟，但若能避免當然是最好。夏天的深夜，我得一再衝出門外噴殺蟲劑。

•一是健康二還是健康

開店要緊的是人緣與膽量。不過，更要緊的是健康。無論再怎麼累，都得面帶笑容，最糟的情況是，從買菜到代理廚師，甚至還得擦地板掃廁所，如果沒這種體力就開不了店。在旁人看來，或許很時髦光鮮很有趣，但正所謂「別和開店

1 出自「教育敕語」。乃戰前日本教育的基本方針，由明治天皇頒布。

開玩笑」[2]。這是骯髒的工作，是累人的買賣。如果沒有明知如此仍敢做的體力與覺悟，最好別做。

• 向實際做過的人請教

找個與自己想開的店同樣規模的店，徹底請教店裡的人。我們開店時也因為無知而浪費了許多勞力與金錢。

開店四個月。

雖然有時風有時雨，但客人意外捧場，因此，雖還不到高枕無憂的地步，已算是生意興隆。

雖然我只是打雜的，一旦站在「歡迎光臨」的立場時，我不禁反省，這二十五年來，做為這種店的客人，我是多麼漫不經心。

一看就知道自己也開店做生意的客人，貼心的態度就不同。店裡忙的時候，絕不會點費事的菜。一定會小聲道謝，不動聲色地收拾碗盤以便服務生撤下。店裡擁擠的時候，會主動移到吧檯坐——這種貼心對店裡的人而言有多麼開心，沒經驗的人恐怕不會懂。

不過話說回來，夜裡寫著稿子還是很擔心店裡生意。下雨天尤其如此。忍不住坐立不安盤算著是否該上工去陪酒。我終於明白長島教頭把板凳搬進搬出的心情了。

2 仿自謬塞的戲劇《別和愛情開玩笑》（*On ne badine pas avec l'amour*）。

母親教的飲酒之道

父親嗜酒，因此，從小我就是看著母親烹調各種下酒菜長大的。父親不僅嗜酒還愛吃，並不是只要手背上蘸點鹽巴便可下酒打發，因此母親很辛苦。

小小的心靈大概也看見，嗜酒的人在什麼時候會為什麼而開心吧。父親心情好的時候，會把他愛吃的下酒菜分一筷子給我，所以我也等於是靠舌頭記住了那種與下飯的菜不同的美味。

下酒菜須少量。千萬不能端出一大盤。這也是當時學到的。

我也見識到，盡可能把山珍海味各種口感不同、五顏六色的東西都放在桌上，喝酒的興致會更高。

我發現，菜色不需太豪華，只要弄點家常小菜，當令的，稍微用心烹製，酒就會喝得更愉快。血緣似乎是天生注定，吾家姊妹，嚴格說來都能喝。無論是喝啤酒或冷酒，比起拿火腿和起司下酒，小時候父親餐桌上的那種下酒菜，似乎更幽幽滲入心間令酒變得更美味。

或許因為我是昭和初年那個年代的人，多少有點女人家喝酒的罪惡感吧。總覺得下酒菜還是便宜、簡單點比較輕鬆。對身體似乎也更好。

Part Ⅳ

旅

我們總在旅行中強求找不到的東西。

追求傳統風貌。

那等於是強迫當地人過著三十年前、五十年前的不便生活。

我們自己享受文明的恩賜，住在冷暖空調俱全的屋子，生活在一堆方便的電器用品中，卻要求他人過著不便生活，求之不得，便備感失望。

二十八天環球饕客之旅

自羽田起飛，降落在舊金山。機場餐廳的牛奶很好喝。香腸也與日本的味道不一樣，但還算馬馬虎虎。看來美國的食物也不算太糟，我才剛安心，接著在拉斯維加斯就嚇到了。那是拉斯維加斯首屈一指的豪華大飯店，東西卻難吃得嚇人。分量足以餵馬，但該熱的菜已經冷了，該冷的菜卻是溫的。這樣還要收小費。我把對食物的怨恨投注在賭場，一百美金花得精光。

接著南下南美祕魯。在首都利馬，水果很好吃。芒果、木瓜、酪梨全都是一個五十圓。洋蔥、馬鈴薯、番茄可能也因為沒改良過，形狀歪七扭八，味道卻很樸素，很像小時候吃過的那種令人懷念的味道。自利馬搭乘泛美航空往南飛六個小時，從伊卡（Ica）這個城市進入沙漠，直抵海岸。

那是一望無垠的無人沙漠之濱。在這個貝多班特海濱，我們露宿四天三夜釣魚，在此地吃到的比目魚生魚片和鱸魚沙拉之鮮美，現在回想起來都要流口水。連廁所也沒有，只能睡車上。水很寶貴，所以整整四天沒洗臉沒刷牙，但那想必會與朝外海飛去的數十萬隻企鵝奇景一同成為永生難忘的回憶。

接著是亞馬遜。我們在祕魯北部亞馬遜河源流的伊奇特斯（Iquitos）這個地方度過兩天，在此，吃到空前絕後的怪異食物。

那叫做「芎塔」。味道很像是把西洋芹拿刨刀刨成薄片，弄掉香氣，搞成乾巴巴的東西。據說是椰子樹的嫩芽，當地人蘸鹽巴吃。我們外國人則是澆上一大堆法式沙拉醬，靠著醋和油囫圇吞下肚。最慘的是，沒肉吃。端上桌的，只有一種據說棲息在亞馬遜，身長兩公尺、全身黑漆漆、與其說是魚不如稱為怪獸的油炸怪魚。蔬菜據說只有芎塔，莫可奈何，只好口呼阿門畫個十字，每餐心存感激地享用。我唯一釣到的一尾食人魚，據說也可以吃，但看到牠露出尖銳獠牙的猙獰嘴臉，我只好敬謝不敏。

到了加勒比海，我們在千里達、巴貝多、牙買加遊覽了一星期，但飯店供應的是美式自助餐。至於街上的餐廳，一流的都很貴，沒啥特別，市區的店又太髒太臭不敢進去，所以毫無收穫。

進入歐洲後，葡萄牙很平凡。到了西班牙，在馬德里街頭櫛比鱗次的立食式咖啡店吃到炸魷魚圈、茄汁煮蛤蜊等，便宜又美味。

最後的大餐在巴黎，能夠盡情品嘗冬天的生蠔很幸福。雖然是體型較小較淡薄的種類，但只要擠點檸檬汁，吃再多都不膩。

光是為了生蠔、葡萄酒與法國麵包，就值得再去一次巴黎。不過，下次，一定要至少學會如何看法文菜單及在餐廳點餐的法語再出門。我這麼盤算。

我的非洲初體驗

我去了非洲喲——這麼說好像很誇張，其實只是在其中的肯亞玩了半個月。若把非洲大陸比喻成地瓜，右側中央稍微咬一口就是肯亞。從東京經由香港、曼谷轉機，歷時二十一小時。面積是日本的一點六倍。人口一千三百萬。官方用語是英文與斯瓦希里（Swahili）語，所以我特地買了斯瓦希里語字典才出發。

奈洛比感覺就像是十年前的東京赤坂，摩登的高樓大廈林立於乾淨的街道。白天很熱但夜晚涼得要穿毛衣，甚至會懷疑這裡是否真的是非洲，但開車往郊外走個三十分鐘，就有高角羚（impala）這種美麗的鹿成群吃草；再行駛一小時，會有狒狒爬到停下的迷你巴士的車頂上。

再行駛三十分鐘，有長頸鹿母子與大批斑馬橫越馬路。

我們搭乘迷你巴士和輕型小飛機巡迴幾個動物保護區。這和日本的多摩動物園完全是不同格局，一個動物保護區大的約有日本的四國地區那麼大。

獅子、大象與河馬就在這裡自由自在地生活。

當然也沒有柵欄。頂多只有稱為ranger的監視員，不時會駕駛附帶無線電的車子四處巡邏，看看有沒有盜獵者。

說來丟人，我本來以為只要去了非洲，站在大草原上便有動物一一出現，但顯然是電視上的《野生王國》看太多了。畢竟此地如此遼闊，運氣不好的話，就算灰頭土臉地逛上一整天，別說是獅子了，恐怕連大象也遇不上。

或許是平日做了功德，我倒是幸運地遇見了。

大象真是百看不厭呢。從二十頭至一百頭的家族集體行動，看似領導者的那隻象會走在隊伍最前頭，小象夾在中央，看似二號領導的老象一定會走在最後頭壓陣。

一號領導據說是母象。有趣的是在象群遇見別的家族時。

用黑道行話來說大概叫做代理債權人吧。彼此的中級領導，自雙方隊伍上前一步。

我緊張地看著，只見兩頭象的鼻子纏到一起，原來不是握手是握鼻。然後兩個家族的大象開始緩緩喝水。

還有，也許是鼻子太重嫌累，大塊頭的象會把鼻子放在較矮的象背上走路。看來在象群中也有懶惰鬼。

發現象有五公分長的睫毛，也是一大收穫。

最精采的是獅子。

放眼望去都是金黃色的草原上，同樣是金黃色的公獅緩緩露面時酷極了。

不知是打過架還是年紀大了都會如此，牠的鬃毛破破爛爛，似乎也沒好好保養，分叉結球，身上還有黑斑，怎麼說都談不上美麗，卻充滿獸類那種旺盛的精氣。

牠的眼神也絕不高雅。

表情陰險、不悅。

牠對我們不屑一顧，盯著犀牛母子，站了一會兒，最後似乎放棄了，再次悠然離去。

也看到大口撕咬斑馬和水牛的公獅。看過這副英姿後，我覺得過去在動物園看到的獅子簡直像布偶玩具。

相反地，真正讓我覺得美麗的是母獅。

小母獅脖頸線條之性感，連我都看傻了。

白天很熱，牠們一家會三五成群地躲在樹蔭下呈大字躺臥睡午覺。

只要有一隻打呵欠，就跟人類一樣會傳染，接著紛紛打起呵欠。

我也發現原來獅子的睡相很差。

起初覺得怎麼會有這麼美的動物，於是拚命按快門，最後感到厭煩的是斑馬。畢竟牠們多得可以拿來做醬肉。恕我冒昧說一句，那種條紋圖案，就像歌手三波春夫的舞台裝，愈看愈沒品味。

長頸鹿也是。從第三天起，我就看膩了。也不再把相機對著牠。很現實。如果仔細看，其實都像發福的歌手奧村智代一樣，表情愣怔很可愛。

起初覺得很詭異，看久了，才懂得魅力何在的是犀牛。牠就像是沒製造成功的自動裝甲車，但小犀牛很可愛。說小，其實也有小牛這麼大，猶如黑彈珠的眼睛看起來天真無邪，真想帶一隻回家。

我想更靠近一點，於是拜託迷你巴士的司機，但當地人很怕犀牛。犀牛是草食動物，不用擔心被牠吃掉，但牠若是發起脾氣衝過來，不用三兩下便可把巴士掀翻，撞得稀爛。

有生以來，我第一次聽見河馬的叫聲。聲音不算大，但感覺很像響亮的放屁。

也說說靈長類的人科動物吧。

非洲據說有幾十個部族。肯亞也有現在掌握政權的奇庫優族（Kikuyu），追著牛保持傳統生活方式的馬賽族（Masai）、瓦康巴族（Akamba）等很多種，我們搭乘小飛機拜訪了住在靠近蘇丹沙漠地帶的圖卡納族（Turkana）。

他們被稱為傳說中的部族或藍人，遠離文明，靠著獵捕小動物和打魚低調地生活。

他們住在草葺的饅頭形小屋，以掛著花圈的老酋長為中心，一大家子住在一起。

看似一夫多妻。

小孩全都光身子。大人打魚時，也有些男人渾身上下一絲不掛。

他們頗為時尚，男的著紅布，女的是用深藍或暗紅色、造型師原由美子偏愛的那種漂亮顏色的布裹身。

他們的五官深邃如埃及人，再加上高達一米八的身高。雙腿的曲線別提有多好看了。

但是，他們相當狡滑，拍照要索取兩百先令（六千日圓）。

他們用鳳梨釀酒，用非洲吳郭魚（Tilapia）這種長達一公尺的白肉魚做醺魚。

最令我失望的是馬賽族。

我聽說他們是非洲最勇敢的部族。我以為他們是只憑一支標槍便可打倒獅子的驕傲戰士。

沒想到，靠近奈洛比的馬賽族村民早已觀光化，死纏著我們兜售手工做的首飾，叫我們給他們拍照，然後要錢，圍著巴士窗口不走。馬賽族的村落無論是道路或房屋皆以牛糞做成，因此臭不可聞。蒼蠅也很多，一笑就會飛進嘴裡。

相較之下，徒有體面外型與五官卻兜售物品的馬賽族更令人難過。去參觀的我們，當然也要負很大的責任。

我們對巴士司機懸賞兩百先令叫他幫我們找豹子，可惜就是沒看到。即便是在非洲，這幾年，據說也已急速改變。

據說某些動物異常減少，某些動物異樣增加。住民也是，以前赤腳奔跑草原的黑人，現在穿上涼鞋（雖然是舊輪胎改造的），住在不會漏雨的房子裡。

站在觀光客的立場，大概想看一如往昔的非洲，但那想必是文明國家的自大與任性吧。

即便如此，非洲還是很厲害。走在巴黎或馬德里的街頭，絕不可能嚇一跳或寒毛直豎，在非洲卻會。

深夜站在木屋的露台上，黑暗中傳來動物的叫聲。是鬣狗在求愛。聽來像是被什麼攻擊後的瀕死吶喊。

在這裡，死亡一臉理所當然地緊緊與生命為鄰。

肯亞十六日之旅全部加起來七十萬日圓。思及此行體驗到的種種興奮與感動，我覺得並不算貴。

在人形町尋訪江戶遺風

有些地方雖然一次也沒去過，街名卻令人莫名懷念。對我而言，人形町與蠣殼町就是如此。

我是在東京的山手地區長大的，從小就聽說，每當母親懷孕，娘家的人就會去人形町的水天宮請一張保佑安產的神符回來，因此由我帶頭的四姊弟才能平安誕生。

等我懂事後，每次調皮搗蛋，祖母便會一邊念著童謠「蠣殼町的」，一邊拿指甲抓我的手背，「豬肉鋪的阿常姑娘」，輕拍之後再捏起。因此，我一直想在這兩個相鄰的地區好好走一走，卻總被眼前的俗務纏身。說到去水天宮還願，從呱呱落地至今已是第四十七個年頭了。

拖著長音念人形町的是外地人，本地人發這三個字的音很短促，水天宮也是。不愧是靠煙花業與安產賺錢的地方，寺廟威而不猛。即便香油錢本就心意為重，此地也有種不捐也沒關係的自在氣氛。每月五日的廟會及戌日[1]，想必擠滿了

1 十二支中的「戌日」，相信犬可多產、安產，因此孕婦習慣在懷孕第五個月的這天綁上腹帶。

香客。

打從江戶時代，人形町作為水天宮的門前町就已十分繁榮。參拜後順道去「重盛永信堂」買一包標榜水天宮名產的奢華煎餅想必也是順理成章。

雖是店面只有一間[2]寬的轉角小店，門面裝潢倒是貫徹土產店的隨和。說到煎餅，烤得硬硬的鹹煎餅是理所當然。加了雞蛋與甜味的柔軟瓦煎餅，對於不知巧克力與鮮奶油的古人而言或許很奢華。不，比起那個，搭乘交通工具老遠來拜拜，然後再買份伴手禮回家，小半天的遠行，想必比什麼都更有養生效果也更奢侈。這麼一想，把人形燒放進嘴裡，便有種小時候親戚阿婆從手提袋取出的名產風味。

與奢華煎餅齊名的「壽堂」黃金芋也有早年的傳統風味。加了蛋黃的白豆沙餡用摻了肉桂的外皮包裹，串在竹籤上烤過可以保存很久，一個百圓算是相當划算。配煎茶或番茶都很棒。包裝袋精心設計過，印著壽堂於明治三十年左右在此地開店時的四季果子目錄。

看夏天的目錄，以卯之花餅為始，青梅、水無月、夕立（壹錢起），更有河骨、鯨厤糬。我暗自好奇那究竟是些什麼樣的點心，一邊環視店內；店內，是東京也很少見的坐賣式。

陳列櫃——不，該照傳統的老派說法稱為樣品櫃更貼切。樣品櫃後面是高起一截的榻榻米房間，少東家和高雅的老夫人屈膝跪坐在榻榻米上彬彬有禮地接待客人。早自江戶時代便號稱首要商業區的人形町「商人」姿態與老街風情，隨著黃金芋的肉桂芳香一起飄來。

買了甜點，順便去新大橋街的「龜清砂糖店」瞧瞧。這是東京也極少見的只稱斤論兩賣砂糖的店。

古意盎然的玻璃門內貼著告示：

「送禮選砂糖。洗臉用黑砂糖。」

是一手淡墨枯筆的好字。

我決定買冰糖和糖蜜。糖蜜是用黑砂糖做的黑蜜，「蘸麵包吃很好吃喔」，上了年紀的老闆說，見我沒準備容器於是送我一個果醬空瓶，裝滿一瓶一百六十圓。

我一邊撫摸那個據說已用了五十年之久、足可一人環抱的「椹木」白砂糖桶漂亮的光滑表面，一邊詢問如何用黑砂糖洗臉。

「很簡單，就像這樣。」老闆拿小刀削下黑砂糖塊，弄成粉末給我看。

「用水溶化後就跟洗臉粉一樣。」

老闆自己也用嗎？

我開玩笑。

---

2 間為長度單位。一間約一點八一八二八公尺。

「我不用，但我家老太婆用。」

裡屋傳來溫和的聲音：

「加點米糠更好用喔。」

我睜眼凝視昏暗的裡屋客廳，當下失聲驚呼。

五官固然美麗，肌膚更是雪白的高雅美人正在朝我微笑。一問年齡竟已七十六。不拍馬屁，真的比實際年齡年輕十五歲。

寬敞的木板房間，放著老闆睡午覺用的籐椅，砂糖桶排放在角落半疊大的土間。坦白講是個冷清空曠的商店，但是端坐著黑砂糖洗臉的活範本，不也別有風味嗎？

一輩子只賣砂糖的丈夫，在同樣漫長的歲月中只用黑砂糖洗臉的妻子——

我半帶羡慕地調侃，「我可沒這個意思喔。」

砂糖店老闆張開缺了兩三顆門牙（果然像賣糖人）的大嘴飄然一笑，此人也已七十九歲。同樣看起來年輕了十歲。我心想，現在開始不知會不會太遲，忍不住還是買了兩百公克黑砂糖。一百公克五十圓。我愛上人形町了。

從人形町街通往明治座的捷徑叫做甘酒橫巷。

明治時代，這條橫巷的入口據說有一間賣甜酒釀的店，現已成為賣和菓子的店「玉英堂」，除了招牌的玉饅頭，也賣盒裝甜酒釀。

我順便請教了一下人形町的由來，據說在寬永十年（一六三三），現在的人形町三丁目一帶除了市村座與中村座，還有六、七家操縱人偶（人形）的小屋。好像是因為製作與修理傀儡人偶的人偶師在此居住而得名。

還有，我也順便調查了一下蠣殼町，這個名稱是來自江戶初期的屋頂建材。據說當時人們把牡蠣殼磨成粉，做成瓦片蓋屋頂，或者在普通的木板屋頂上鋪牡蠣殼。

不管怎樣，三百年前的民居與生活方式就這樣直接成了地名，在惡名高張的新住居標示下也倖存至今天，實在令人很高興。

不可思議的是，現在人形町沒有一家賣人偶的店，但甘酒橫巷倒是還留有兩三家保存老街風情的店。

例如一進巷子左手邊的「岩井商店」與「撥英」。

「岩井商店」的竹籃幾乎都是訂製，現在下訂單恐怕也要等到秋天才能取件，成排的竹籃依序塗上黑漆，吊在天花板下方風乾的風景，光是隔著玻璃門參觀已得到充分樂趣。

「撥英」不只販售撥弦片，也製作與修理三弦琴，同樣是老店。

幹這行已有四十年的工匠默默繃緊三弦琴的皮，一旁的老闆一邊展示皮革樣本，一邊有一搭沒一搭地說話。狗皮也能用，但在大劇場表演重頭戲時還是漂亮的貓皮最好。三弦琴的琴身通常用的是花梨木，但在四疊半的茶室唱小曲據說還是用桑木做的比較風雅。彷彿還可聽見什麼風流的音色，不學無術如我不禁有點羞慚。

往前走五十公尺後左邊的轉角，有一扇小小的花窗陳列著千代紙工藝品。那是一間如果走快一點可能壓根不會注意、與世隔離的民宅，也沒有掛出招牌。小得足以藏進手心的屏風上貼著五月人偶之類的戲劇名稱做成的人偶。價錢從五百至一千出頭不等。明年春天就把這間店的雛人偶屏風送給住公寓的友人及長年臥病的病人枕畔吧，我不禁萌生不太可能實現的念頭。

再往前走，同樣是左邊，有棟胭脂色磁磚的美麗建築，這是栗田美術館。

小巧精緻只有陶磁器的美術館，陳列著伊萬里、鍋島的藝術精品（門票五百圓）。館長栗田英男學生時代寄宿人形町，在夜市買了伊萬里小酒瓶，從此上癮四十年。他把號稱多達五千件收藏的一小部分，在這個充滿青春回憶的地點闢建美術館展出。總館據說位於足利，不是虛張聲勢的大玩意，全都是可以放在手心把玩收集的心血名品令人很開心。喜歡陶瓷器的人一定要避開休館的週一去參觀一次。

人形町的素顏在深巷。

每條巷子都掃得很乾淨，凸窗和玄關旁擺放的盆栽可以看出精心照顧的痕跡。竹籬上，洗淨的木屐露出白色木質晾曬。

也許是因為早已看慣赤坂及六本木一帶，夜晚華麗閃亮、白天行經時卻只有昨晚吃剩的內臟堆滿路上的橫巷，這一帶的巷子實在很清新。每條巷子都有四季，彷彿可以看見人們日出而起，努力工作後夜晚早早收工就寢的規律生活。

小曲及長謠的招牌與日式西餐廳映入眼簾，大概是因為離芳町與濱町很近吧，雖是花街柳巷，卻有種腳踏實地之感。夾雜其間的小兒科及內科的小鎮醫生（小診所太多，令我忍不住想用這個字眼），看門面應該是半夜也會出診。

我曾聽說此地極少發生犯罪及車禍，的確，民宅櫛比鱗次，連隔壁煮味噌湯放了什麼料都知道，在無從隱瞞的生活中，想必激進分子也很難製作炸彈。

說到這裡，我想起某商店的少東曾說：

「小學時，班上必定會有兩三個小妾生的孩子或將來要當藝伎的女弟子。他們穿著體面，體操課經常請假，但誰也不會欺負他們。在此地，這種事是理所當然的。」

這樣的巷子裡，有間「粽子屋」。

三個一包兩百圓。價格低廉，味道只有一個「讚」字。不過，今天去無法立刻買到。店內採預約制，碰上節日別說是明年了，據說連後年都已預約額滿。若是一週或十天後，有時還可以插個隊。在這個量產重於風味的時代，此店在美味及作法上都堪稱是價值稀有。

愛喝酒的人，可以去同樣位於巷子深處的「鶴屋」買手烤煎餅當作不錯的伴手禮。雖只是二間寬的小店，卻像變魔術似地從店內深處的黑色大容器不斷取出抹茶、甜醬油、黑砂糖等各式口味的中圓煎餅。只要說出預算，店家會取各種煎餅包裝成綜合口味。

走到這裡肚子也餓了。

可以去同樣位於深巷的西餐廳「芳味亭」吃可樂餅配飯，也可以在大馬路的「京樽」吃壽司懷石。京樽在這凡事保留傳統的人形町有點別樹一格，店面與餐具都精心雕琢，最適合少數幾個女人開同學會。

來到人形町如果不去「魚久」想必不公平。

此店賣的是魚的京粕漬，甘鯛、魷魚、鯧魚自然不消說，連孔雀蛤、鱈魚子、明蝦都有，一片魚兩百圓左右，傍晚時往往擠滿了附近的家庭主婦。想必是對味道極有自信，店家交代魚片一定要水洗，沖掉酒糟後再烤。我照著試做，味道極鮮美。夏天不接受外縣市郵購，只在店頭販賣。全年無休。看到週三及週六，魚骨及魚頭、魷魚腳還會特價賤賣的招牌我更開心了。店員動作俐落迅速，但是招呼客人很有人情味。

拎著可以保存很久的魚久粕漬，若要稍事休息，我推薦「快生軒」的咖啡。大正八年創業。招牌上的「喫茶去」是中國唐代的禪僧趙州的禪語，意思是「請喝茶」。喫茶店這個名稱，據說也是起源於此店前任老闆使用的招牌。與天皇同年的第二代老闆佐藤暠祐，穿著時髦的咖啡色圍裙，與吧台的第三代兒子一起忙著研究綜合咖啡招呼客人。生意忙的時候可能會挨罵，但若向此人探詢人形町的今昔，應該會聽到有趣的故事。

咖啡兩百三十圓。很美味。

不過話說回來，我還真是糊塗。

說來丟人，我在人形町旁邊的日本橋某出版社工作了十年。但我中午總是在當地固定的餐館匆匆解決，晚上則是被銀座或赤坂那些華麗的霓虹及名稱引誘，就這樣往返同樣的路線過了十年。

只要稍微多走幾步路，便可來到如此充滿魅力的地區，我真是太浪費機會了。

這種情形或許不只限於人形町。

明明未受到任何人的束縛，我們卻在每日的生活中，總是走同一條路去同一家店購物。和同樣的人交往看同樣的書。一邊抱怨無聊卻十年如一日不願試著改變。

散步與購物，並無國界。如果我能偶爾提早一站下車，或者往旁跨越幾步去鄰區，早在二十年前就發現人形町了。

漫步人形町之旅的最後，我來到「胎毛屋」。

這是專賣刀刃的店，店名別致，意指胎毛也能剃。同樣是刀，賣刀劍的店，光是走進去，便有一股令人背脊發涼的殺氣，但是菜刀、小刀乃至花剪、指甲剪這些女人在生活中使用的刀子，卻一點也不可怕。

我暗自為自家廚房保養得不太好的鈍菜刀羞慚，買了柳葉刀與竹莢魚刀。老是用不夠利的菜刀當藉口，買生魚片時不買整塊請店家幫忙切片實在太丟人了。買新的便利用具前，或許有更細緻的生活方式吧。走在人形町令我不禁如此誠實反省。

附帶一題，這家「胎毛屋」的後方，就是「玄冶店」。

江戶初期的名醫岡本玄冶法眼[3]治好了將軍家光的病，因此得到這塊土地。後代遷居六本木，將這塊領地開放為民居。從此被稱為玄冶店，住的大概都是情婦小妾。

「不倫之戀反招禍害。」[4]

即便聽過這句著名的台詞，也少有人知道地點在何處。人形町仍留有江戶的餘香。老東京的人情，似乎也與「商業」一同保留至今。

---

3 法眼（法眼和尚）原為僧人的位階稱號，是次於法印的僧位。中世之後，比照僧人亦對醫師、畫師、佛師等冠上此稱號。

4 歌舞伎《與話情浮名橫櫛》的台詞。描寫江戶的富家子與三在木更津邂逅當地老大的小妾進而相戀，因而九死一生從富家子淪為流氓。

請勿凹凸亂寫

站名我忘了，但應該是小海線。

一片綠意中有個小車站，不見人影的月台上，候車的長椅靠背，被人寫滿了「請勿凹凸亂寫」這幾個字。

「凹凸亂寫」是當地方言，意思大概等同塗鴉。叫人不要塗鴉的塗鴉並不稀奇，但凹凸亂寫這個說法我頭一次見到。看似幾個小學生寫的拙劣字跡倒是大手大腳很大氣，塗鴉就只有這個。車站打掃得很乾淨，我暗自感謝沒把這個擦掉的人。這種事對旅人而言，正是旅行的樂趣所在。這是我年輕時參加公司旅行去松原湖，漫步那一帶，在某個車站搭車時發生的事，雖是二十五年前的舊事，至今車站的模樣仍歷歷如在眼前。

旅人都很任性。

離開都市搭乘地方路線，在小車站下車時，如果那個車站不符期待便會大失所望。非得要人家適度地老舊，適度地昏暗，適度地不便。

不久前我去北海道玩，那裡的小車站昏暗得恰到好處又有魚腥味，令我很滿足。望著札幌的高樓大廈，「搞什麼，跟東京沒兩樣嘛」。本來很不滿，這時終於有種「啊啊，總算來到北海道」的心情令我很開心。車站廁所的門壞了，點點污斑的鏡子有裂痕也得以寬大看待，視為旅情之一了。

痣與雀斑有時會構成當事人的魅力。對當地人而言或許是找麻煩的要求，但站在外地人的角度，衷心希望車站不要太現代化。至少為我們留下一句「請勿凹凸亂寫」。

看對眼

對於吃飯或喝茶等日常生活用品，開始渴望使用自己喜歡的，是在離開父母身邊，獨自開始公寓生活的十五年前。

當時我與父親爭吵，抱著一隻貓就衝出家門，所以當下要用的鍋碗瓢盆，為求省事只好去百貨公司的優良設計專櫃區一次買齊。清一色雪白，頂多添上灰色與深褐色的摩登民藝品，在從小看著大正、昭和初期，有時甚至覺得是惡趣味的厚重瓷器長大的人看來，十足新鮮。

沒想到，久了卻愈看愈膩。

用光溜溜的時髦杯子喝茶，煎茶好像也變得摻了水。我開始覺得，嫩薑配味噌的下酒菜，若是放在拿起來有分量、古意盎然的盤子上該有多好吃啊。散步途中或是買完菜、去外地時，開始特別注意賣舊碗盤的商店，就是從那時開始的。

我只是喜歡，並沒有什麼知識，因此只能靠自己的雙眼。走進店內。眼睛不要用力，放鬆肩膀，盡可能腦袋放空地環視四周。這時有哪個映入眼簾或對上眼，就站到那個前面。

好。雖然說不清道不明，總之就是好。但是，太大了。太氣派了。應該很貴。看著是很開心，一旦要使用，不是太薄就是形狀太微妙，清洗或收藏恐怕都會有心理負擔吧。顏色太美，上面繪的圖太精美，放上蘿蔔或魚會覺得很對不起——像這樣的東西，只好狠下心，視而不見地走過去。

我只寫不會重播的劇本，所以得與單薄的錢包打商量，選那種就算不幸弄破了，也只要說聲「啊呀，糟蹋了！」當天默哀一天就沒事的東西。可以毫不吝惜地天天用，被喝醉的客人碰出缺口，也不會恨那個人，說聲「凡有形者遲早必隕滅」，就算臉頰有點抽搐，還是笑得出來。

也許是嘴刁吧。我雖是獨居，桌上如果不多擺幾樣菜總覺得冷清。一方面也是因為父親嗜酒，我從小就看著，即便東西粗糙也得有兩三盤下酒菜放在父親的餐桌上。我自己吃晚餐時如果沒有一小瓶酒，也會覺得好像忘了什麼似地沒滋沒味，所以我收集的瓷器自然也多半是小淺碟那樣的小東西。小東西比起大的，原則上也便宜一些。

對上眼時，如果覺得「啊，真好」，眼前自動浮現放在這盤子上分外好看的料理，哪怕有點勉強也會硬著頭皮掏腰包。說到料理，其實不過是味噌烤茄子、燉白蘿蔔或涼拌芽菜之類的小菜。

我家有的，就這樣一個、兩個、三個，極為自然地日漸增加，回神才發現，剛搬進公寓時買的那套民藝風格餐具，早已自然消失。

看中了就買回來，試用幾日。也端出去給客人用。於是，開始被問起這是什麼。而自己，多少，也開始想了解一下。

買了陶瓷的書，也去看展覽，染付是哪種瓷器，古伊萬里又是什麼樣子，學會如此有模有樣地評論，是在之後。

雖然說不清道不明，看到的瞬間就覺得好，無論如何都想要，就當是買雙鞋、買件新套裝。而總是在買完、用過之後，發現那果然是不錯的東西。當然，也有看走眼的時候，有時覺得應該不壞的東西，事後才發現並不怎樣。

人很膚淺。發現之後，再處理這種東西時，雖然自以為心情上沒差別，手卻很誠實，洗碗盤的方式變得很大而化之。也有時相反，本以為沒啥大不了，卻得知以「一餐」的價錢買回來的東西居然身價上漲，之後再使用時，自然會比較小心翼翼。

看到這樣的自己，我開始覺得東西還是不知價錢比較好。這或許是沒有名品足以向他人誇耀的人自我安慰的說法。但作者不明，價格不明，端視自己是否喜歡，把那樣的東西放在身邊是否天天開心，我覺得真的只要這樣就夠了。

毋需知道太多、期望太高，三餐及工作空檔享受的煎茶、番茶，以及站在廚房隨手沖泡的淡茶。這一刻只要能讓我心情愉悅，那就夠了。

不知不覺愈買愈多的還有菸灰缸。

現在，我幾乎不抽菸了，但傳播界的人多半抽菸。我的桌子是黑色的，赫然回神，已收集了一堆特別襯托黑色的菸灰缸。

雙魚的青瓷。安南染付。伊萬里的厚重款。仿吳須赤繪。

也許內心某處以為，若有客人來了，至少代替沒空換衣服、脂粉未施也不殷勤的女主人，好歹把菸灰缸弄得華麗些，所以以我的標準而言，這些菸灰缸多半是彩色的。或許因為香菸只有白灰褐這三種顏色，所以才能安心添上五顏六色。

在旁人看來很丟臉的破銅爛鐵，但我還是聽從建議展示出來，還請人拍了照片。

我不擅長整理。櫃子角落、書箱前到處都依當日心情散布各種玩意，我把它們集合起來，這才發現一件事。

雖是毫無系統的收集，卻與幼年自己用過的東西依稀相似。

我緩緩憶起，有個打破的小碟就是長這樣。我發現與它的形狀、顏色極為相似之物。我也想起，那個是待客用的，不給小孩用，但新年期間也會放在我們小孩面前。說穿了，我收集碗盤，或許是基於回憶，以及對於昔日大人不准我用的報復。

漫步揖斐[1]山村

喜歡嫩葉初生的季節，是這三、四年才有的事。

也許是因為血壓太低，從樹木發芽起有一兩個月都會頭疼嗜睡渾身無力。腦中彷彿仍留有春霞氤氳，這是好聽的說法，實則大腦就像套了塑膠袋很難受。

不過，四年前我大病一場。

或許有段時間因那煩人的病名一直有生死二字在腦海閃現，從那時起，我開始期待嫩葉初生的季節。

柿樹嫩葉、櫟樹嫩葉、栲樹嫩葉、樟樹嫩葉。

過去為何一直沒發現這種美景呢，我懊悔不已。以往只因天氣陰晴不定及人潮太多，便迴避在這個時期出遠門，令我深感遺憾，現在開始也不遲。至少要把錯過的補回來——

就在盤算的過程中，新幹線木靈號已抵達岐阜羽島車站。

1 揖斐，岐阜縣的西南部。

之所以會應邀來訪位於岐阜市西北部的西國三十三所[2]最終結願的華嚴寺，以及號稱美濃[3]正倉院[4]的橫藏寺，很大的原因是連假剛結束，正值新綠盎然的季節。

從木靈號車廂上放眼所見的羽島，是個只見站前的大野伴睦[5]夫婦銅像，很冷清單調的城市，但開往岐阜市內的計程車上，比嫩葉搶先自車窗映入眼簾的，是「味噌豬排」、「味噌豬排定食」這樣的大型招牌。

得來速及餐廳前必然都有。

我向計程車司機詢問。

「小姐，味噌豬排妳居然沒聽說過？」司機用目瞪口呆的口吻問我。

剛炸好的豬排，澆上當地自豪的八丁味噌調製的味噌醬，就這麼簡單，但如今在這一帶據說人氣極高。我在新幹線的餐車上只吃了一頓談不上美味的牛肉蓋飯，因此聽來極有魅力。看樣子，真到了必須抉擇時，我是重吃不重色。

車子行經長良川的土堤。

那是一條悠緩的美麗河川。

仔細想想，我嚷嚷著要在亞馬遜河、塞納河四處觀光，卻不了解日本的河川。頂多只認識隅田川和多摩川，對於信濃川、北上川與天龍川，都只是從火車車窗俯瞰。當然，長良川及這一帶的景觀也是初次拜見。

岐阜，是個小巧樸素的城市。

當今任何城市都看得到的高樓大廈，此地當然也有，但就縣政府所在地而言，高樓的數量並不多。街景也是，只要拐入巷子深處，便可看見應是受到空襲後倖存的傳統格子門及倉庫，乃至老酒鋪的招牌。此地似乎是美濃紙的發源地，也看到賣岐阜燈籠的商家。

行駛市內的小巧古典電車，車身是很好看的紅色。這種電車，據說是金澤市淘汰下來的，但當宛如玩具的紅色車身緩緩駛過典雅的茶色街頭，對於來自街景與人車都五彩繽紛緊張忙碌的東京人而言，倒是一幕養眼的風景。

有名的鬧區柳瀨位於市中心，酒吧、舞廳、電影院匯集於此，十分熱鬧；可一旦穿過拱門，周遭只見稱為山脈未免太徐緩的小巧綠色山丘連綿起伏，看來心曠神怡。

不過，這天不巧颳強風，纜車停駛，無法抵達原來的目的地——金華山頂上

---

2 近畿地方三十三處供奉觀音菩薩的道場。信徒會依序巡禮進香。

3 美濃，舊地名，現在的岐阜縣南部。

4 奈良時代主要的倉庫稱為正倉，數棟倉庫自成一區名曰正倉院，如今僅存奈良東大寺一棟，因此已成藏寶庫的專有名詞。

5 大野伴睦（一八九〇～一九六四），生於岐阜的政治家。歷任眾議院議長、自民黨副總裁。

的岐阜城。

金華山搭纜車只需三分鐘，所以並非高得嚇人的山，但滿山遍野都是栲樹、楢樹、楓樹、松樹。或也因此，自街頭仰望，只見整團新綠的山上有著微妙的深淺濃淡，以及光影明暗。

這座山，面對長良川的河岸，形成陡峭的斜坡，巍然聳立。岐阜城正好在那上方，俯瞰河面。

因《盜國物語》[6]聞名的齋藤道三著手加以改建後，此城號稱易守難攻，有段時間據說織田信長也當作居城。點燈後在夕暮中浮現的這座城，許是因為自下方仰望，看似迷你園藝中放在山頂上的小陶瓷城堡。四百年的歲月，在武士的迷夢之後，看起來似乎特別可愛。

我就坐在長良川畔的「魚鐵」這家川魚餐廳的窗邊，眺望金華山、岐阜城，以及長良川自薄暮漸被黑暗吞噬的情景。

此店據說明年就創業滿百年了，我在這裡吃到罕有之物。

是鹽烤河鱒。

身長三十公分的魚，只有這個時節才能在餐桌上看得到，據說是今早七點在眼前的長良川捕獲。

鱒魚的清爽與鮭魚的濃郁，二者恰到好處地融合成另一種美味。雖有油脂卻很爽口，可是，又有扎實的衝擊力。名產香魚，端上桌的是串烤味噌。

也是在這裡，我學到以鹽烤與串烤味噌料理香魚的方法叫做源平燒。香魚據說在六至八月間最美味。不足十公分的串烤味噌，連魚頭和魚骨都有香魚的香氣。

替我們這桌收盤子的，是一位據說與店主有親戚關係的中年婦女。這位小臉美女，相當健談。

在眼下潺潺流過的長良川，據說每幾年便會暴漲一次。

水會淹到店面一樓，但是否要搬家具避難，據說要看自上流昂首漂來的蛇再決定。蛇若垂掛在土堤的樹枝或往上爬，那就非得避難不可了。如果蛇在水面游動，據說水一定會在那裡打住。

「因為牠們是『魔』。」

從這個女人口中，也聽到「貓顏」這個字眼。

似乎意指傍晚，人與物的形體變得模糊時。

發情的貓都是從爐灶出入，顏面會被煤灰弄黑，據說就是這個字眼的起源。用這種語尾溫柔上揚的腔調，聆聽本地故事，也是饗宴之一。

我漸漸愛上岐阜。

此地沒有風景古蹟多如醬菜的京都那種早已習於觀光的媚俗，卻自有平淡中

6《盜國物語》，司馬遼太郎的歷史小說，分為齋藤道三篇及織田信長篇。道三乃室町後期的戰國梟雄。

的溫馨。低調的韻味，撩動了人們早已習慣旅途目不暇給的那顆心。大概等於在日本列島的腋下吧。

我從河岸邊的岐阜格蘭大飯店，看著岐阜城於晚間九點準時熄燈，金華山被黑暗籠罩。再過十天左右，眼下的長良川就會開始見到用鵜鶘抓魚。

出來旅行若碰上好天氣，心情會很雀躍。

雖然逞強說下雨自有風情，陰天也別有意趣，但還是想在燦爛陽光下觀看新綠。

華嚴寺所在的谷汲村，自岐阜市內搭計程車約需四十分鐘。自名鐵谷汲車站徒步十分鐘，是個安靜的門前町。

從位於車站前面的寺廟山門起，兩旁一路都是賣土產的商店，在櫻花季節，想必形成美麗的櫻花隧道。現在則是鮮嫩欲滴的櫻葉之路。

華嚴寺是歷史悠久的天台宗古剎。

谷汲這個地名，據說為桓武天皇7年間此地忽然湧出燃燒的泉水而得名。原來是有石油。

這種油，大多拿來當作佛前的燈油。冒出地熱湧泉之地的寺廟或也因此被選為靈驗的全國觀世音三十三所道場的最後一棒。

威而不猛。

雖然門面看來極有格調，令人暗自稱許其位階之高，卻也有親切的溫暖。站在樓門兩側的仁王像是運慶[8]的作品，不動明王也威震八方非常氣派，卻又隱約有種人世的粗俗幽默。

此寺的可觀之處，當然還是笈摺堂。「笈摺」是巡禮者罩在衣服外面類似無袖背心的單衣。據說穿那個是為了防止負笈時擦傷背部[9]。

昔日，花山法皇[10]來此山進香，曾詠出下列這首詩與笈摺一同獻上：

夙昔賴雙親，脫笈摺獻佛，美濃之谷汲。

據說西國巡禮的善男善女效法此舉，遂也開始在結願時一併獻上笈摺。但不知為何，這個笈摺堂，在十一面觀音像前堆滿了千羽鶴。

看樣子好像是在口耳相傳中，因發音相近誤把「笈摺」當成「摺鶴」了啊。負責導覽的梅田文夫先生如此苦笑。

7 桓武天皇（七三七~八〇六），日本第五十代天皇，七八一~八〇六在位。
8 運慶乃鎌倉初期的佛師，是日本雕刻史的代表人物。
9「笈」是修行者背在背上裝衣物及佛具的箱子。「摺」乃日文摩擦之意。
10 花山法皇（九六八~一〇〇八），第六十五代天皇，後出家入花山寺。

吸引我的，是正殿兩側柱子上的青銅鯉魚。

做完西國三十三所巡禮的人，會在此獻上笈摺，撫摸這條鯉魚，再舔手指，當作結束齋戒的印記。

那是沒有火車也沒有計程車的時代。

雖然祈求極樂往生，但不斷向前邁步時，想必也有對生病與強盜的恐懼吧。一心念佛，專心淨身齋戒最後終於結願的人，挺直腰桿撫摸冰冷的金屬鯉魚再舔指的情景，光是用想的就覺得很有意思。

好了，泡個澡喝一杯吧，可以盡情開葷嘍。斟酒的小姐雪白的手臂說不定看起來比觀世音菩薩更耀眼。是錯覺嗎？鯉魚似乎正腆著臉以人性化的表情看著我。

中午，效法先賢在樓門前的立花屋旅館吃了鯉魚生魚片等物。不愧是八丁味噌的正宗發源地，醋味噌的風味絕佳。也吃了用名產香菇做的各種菜色。

我又重吃不重色了，不過此地的青楓只能以完美二字形容。

遼闊境內的石階，從此殿通往彼殿的路徑，乃至土牆邊。楓樹，有大有小。有老有少。它們一起如手掌般展開樹葉，覆蓋清澈透明的淺藍色天。

一重嫩綠楓葉。二重三重層層相疊的嫩綠楓葉。其間，有澄澈的藍天，陽光燦然灑落。

我的臉上與身上，也染上這淺綠顏色。

嗚呼，可貴的，青葉嫩葉的日光。——芭蕉[11]

起初看到這首俳句時，心想這是什麼東西？芭蕉這個人，幹麼把理所當然的事說得好像多了不起似的。可是現在，如此站在青葉嫩葉下，我發現他說的對極了。

面對造化之妙，面對大自然四時循環的美好，雖是平日與佛心無緣之人，也會不由感到，佛祖就在此處。

橫藏寺，是有名的乾屍寺。

從華嚴寺搭乘近鐵巴士約需三十分鐘。

此地楓樹的新綠也頗壯觀。

境內號稱多達百株的石楠花已過了盛開時節，但楓樹展現漂亮的綠意令人期待，秋天的楓紅時節想必可觀。

11 芭蕉（一六四四～一六九四），本名松尾宗房，日本江戶時代前期的俳諧師。他公認的功績，是把俳句形式推向頂峰，日人譽之為「俳聖」。

這座寺廟，比華嚴寺更為男性化。也許是因為位於山腹，石階陡峭令人走得氣喘吁吁。山門和仁王門、正殿，也呈現出符合山岳佛教的偉貌。

不愧是被稱為美濃的正倉院，以鎌倉中期的藥師如來為首，乃至大日如來、仁王像等重要文化遺產多不勝數。

在琉璃殿可一次看盡，其中尤以深沙大將特別吸引我。

據說是奈良時代的役小角[12]所做，以楠木一體成形。

它是三藏法師去天竺時，在流沙一地害他的鬼神，後得佛果，守護三藏。

它有著調皮小僧的面貌，手臂纏著蛇作勢威嚇，不知怎地肚臍的地方卻有拳頭那麼大的女人臉孔。這張臉很好看，豐潤又溫暖。

或也因此，看久了之後，深沙大將本身也變得充滿人性的深奧。對我這種俗人來說，比起一開始就很完美的佛祖菩薩，起先是壞蛋，後來慢慢才變好，感覺上更容易親近。

乾屍，也就是舍利佛的本體，據說是妙心法師。

俗名熊吉。十七歲入佛門改名妙心，斷絕生食，每天據說只以少量的蕎麥粉溶於清水餬口。

三十七歲時，他感知如來帶著佛光來迎接，命信徒為他打造白木棺材，安坐棺中斷食，念佛三十一日就此坐禪圓寂。

舍利佛維持當日的姿態。這天依舊有進香者絡繹不絕。

根據導覽梅田先生的說明，乾屍止於南方。學術意義想必也很重大。信仰不足的我，坦白說，心裡不太舒服。雖是信佛圓寂坐化成佛的人，乾癟的褐色遺體扭曲實在不似佛像，嘴角尚可窺見人間苦楚的姿態。倒是一旦跨出門外，便有燦爛陽光，滿目新綠。令我深感佛在人間，也算是一樁功德。

谷汲也是好地方。

我打算秋天再來看紅葉，順便買些此地稱為甜乾的柿餅及香菇、栗子回去。走進谷汲車站前的谷汲堂這家古董店，店面雖小，進去卻大吃一驚。南方古陶瓷，尤其是宋胡錄[13]特別驚人。收藏如此豐富的店，就算在東京的青山一帶也難得一見。我對宋胡錄只能嘆息，以廉價買了一個水上餐館用的飯碗。

青山綠樹很美，寺廟頗為可觀，香魚和香菇也很美味，只有一點很遺憾。自岐阜往谷汲的途中經常看到的味噌豬排的招牌。

帶著遺憾離開總覺得有個疙瘩，於是在羽島車站時，我利用換乘新幹線光號的三十分鐘，衝進站內的餐廳。

12 役小角為奈良時代的山岳咒術師。
13 宋胡錄，泰國於十四世紀之後燒製的陶器。桃山時代至江戶初期船運至日本，後來統稱泰國瓷器。

真好吃。

炸豬排的油膩被味噌醬的香氣徹底消除，彼此的美味產生相乘效應，直有東西兩大文明渾然一體之感。我向服務生請教味噌醬的作法。

在鍋中倒入味醂，沸騰後點火燒掉酒精成分，放入八丁味噌用黃砂糖調整味道，據說就是祕訣所在。

回去之後立刻試試看吧。

邀請貪嘴的友人一同舉辦味噌豬排派對！我和同行的編輯部F小姐這麼嚷嚷著，抵達名古屋。

仔細想想整天都沒碰報紙電視，只是看著風景度過一天。

於是在月台的小賣部伸手想買份晚報，當下呆立原地。

芥川獎作家猝死的標題旁，是我意想不到的人物照片。

是野呂邦暢先生。

就在十天前，我們還圍繞著來東京的野呂先生，一同用餐，在酒吧唱歌聊天。

據說是心肌梗塞猝死，但他才四十二歲。五天前，才剛收到他寫信表示來東京玩得很開心。

我像被突然揍了一拳。

《諫早菖蒲日記》、《落城記》。我很喜歡野呂先生的時代小說，也敬愛他的為人。愉快的新綠之旅，似乎突然蒙上陰翳。開心之後，必有意外的深淵。該視為這樣的教訓嗎？無論如何，今年的新綠，恐怕終生難忘了。

憐樹發新芽，重返此世木。——鬼城[14]

14 村上鬼城（一八六五～一九三八），俳人，本名莊太郎。

摩洛哥市場

那是艾佛德還是奇納希爾，我旅行時沒做筆記，只顧著對眼前所見嘖嘖稱奇，如今已不復記憶。總之是從摩洛哥的卡薩布蘭加搭巴士不知第幾天，翻越阿特拉斯山脈後，位於撒哈拉沙漠入口的小城。

我們遇上每週一次的市集。

那裡有伊斯蘭教特有的城牆內建廣場，就在那裡舉辦市集（souq）。

有男人賣素燒的陶甕。

怎麼看都只像是破布的繽紛布料堆積如山，當中呆坐著一個男人。

在地上鋪塊布，放上喝茶的凹陷水壺及五、六個破茶杯的，應是古董商人吧。帳篷內的算命師。扁平的篩子上，放著紅褐色及黃綠色的芳香粉末，香料販子面前擺著秤，正在打瞌睡。

在角落，額頭刺青、五官深邃的柏柏族女子在賣不可思議的東西。

那是用樹皮編織而成，約有口琴那麼大。聽摩洛哥導遊說，柏柏族的年長婦人仍保有塗黑牙齒的風俗。

我記得一個大約五十圓。買了之後，我不經意舉起相機，剛才面帶笑容的婦人立刻拿紗巾遮臉，周圍的男人揮舞拳頭，吹起尖銳的口哨。

市集旁的柵欄內，有近百頭驢子（那是人們來趕集的代步工具）吃草，公驢追在母驢的屁股後面，一陣大亂。

不知從哪兒飄來燒破布的氣味，原來是烤羊肉的味道。

彷彿自地底掠過腋下傳來令人莫名在意的阿拉伯旋律。

那本身，是只能視為異國音樂的阿拉伯語言。熾熱的太陽。像是大海的藍天。泛紅的赭色泥土。用同一顏色建成的扁平方形無窗房屋。再加上衣裳五顏六色的柏柏族女子。看似精悍狡滑、身材高大的摩洛哥男人。

寫到這裡，我又想去了。

我在非洲的肯亞玩了半個月看動物，也去了突尼西亞和阿爾及利亞，但吸引我的是摩洛哥。

交通不方便。旅遊導覽也不完備。飯店數量不多，食物也只有番茄和雞蛋好吃，其他的都不合胃口。廁所更糟，不是沒有門就是沒有水，或者兩者皆無，很不方便，但它就是有種魅力，足以令人完全不在乎那些。日文當中找不到形容詞的色彩、景色、聲音——全然異質、未被介紹的文化似乎仍留在此地。

無理強求

此前，我去了一趟摩洛哥。

很久以前看了賈利・古柏與瑪琳・黛德麗主演的《摩洛哥》電影，後深受片名吸引，很想去一次看看。

摩洛哥的首都是卡薩布蘭加[1]。這同樣也是電影片名，是英格麗・褒曼與亨佛萊・鮑嘉主演的名作背景。

許久以來渴望前往一探究竟的夢想終於實現，但抵達卡薩布蘭加一看，我為之錯愕。

根本找不到電影中的摩洛哥與卡薩布蘭加。街頭林立著高樓大廈。路上行人之中，雖也看得到穿著傳統民族服裝的蒙臉婦女，仔細一看卻化著西歐式的彩妝，而且絕大多數都像巴黎與日本一樣穿著洋服。

餐飲也一樣，飯店的餐廳，頂多可以看到羊肉料理，無論是麵包或奶油，幾乎都與文明國家毫無差別。打開收音機或電視，兩台之中會有一台播放阿拉伯音

1 原註：摩洛哥的首都是拉巴特。作者記錯了。

樂，剩下的都是搖滾樂或法式香頌。

被稱為Souq的市集，也沒有阿爾及利亞那種蜿蜒曲折宛如迷宮的陰暗古城區（casbah），只不過是如同日本早年那種地下黑市的市場。

我正感失望時，帶路的摩洛哥青年安慰我：

「不要緊，還剩下唯一一個地方仍和以前一樣，我帶妳們去。」

那位於卡薩布蘭加的市中心，唯獨市場入口附近猶如電影布景，留有古色古香如同古城區的市場。

此地賣的是到處可見的摩洛哥皮革工藝品，但似乎隨時會垮的圓形頂罩，以及滲透其間的羊臊味與皮革味，已讓旅客充分滿足。

「終於有來到摩洛哥的真實感受了。」

聽到我這麼說，摩洛哥導遊滿意地點頭。

「大家都這麼說，所以才保留下來。」

我欣喜於「這才是摩洛哥」的古老一隅，原來是電影《北非諜影》用過的布景。之後似乎就這麼保留下來，用來招攬觀光客。

頹喪的我，想起十年前造訪亞馬遜的舊事。

我們自祕魯的首都利馬搭乘小飛機往北飛行兩小時，抵達亞馬遜河上游的伊奇特斯小城。據說此地以前很繁華，人口有一萬出頭，如今已經落沒，慘不忍睹。

從當地看似腐朽的碼頭搭乘小艇，沿著亞馬遜河稍微往上走，進入支流依塔亞河這個河面稍窄之處。附帶一提，亞馬遜河的河面最寬處有一公里，幾乎看不見對岸。

沿著那條依塔亞河上行一小時，又有一個小碼頭。四處不見人影。也沒有房屋。只有茶褐色的濁流及森林。

森林中，有一條小徑。

小徑勉強可容一人通過，是搖搖欲墜的獨木橋，以及必須彎腰才能通過的真正森林中的「獸徑」。

終於來到亞馬遜了。

我感到心跳加快。

枉我卯足勁特地一身獵裝，枉我還買了大遮陽帽，可眼前看到的亞馬遜，除了螞蟻有日本的兩倍大，天氣有點悶熱之外，別無特別之處。

沒有鱷魚，也沒有猴子。

揮舞番刀在森林中劈荊斬棘，一邊與蚊蚋及毒蛇奮戰一邊前進——大概是《冒險彈吉》這部漫畫看太多了。我是懷著這種念頭驕傲地跑來的，因此有點失望，但來到這裡，頓時重現活力。

眼前，有兩間用樹葉覆頂沒打地基直接建在土上的簡陋小屋。

某某族。名稱我忘了，總之是亞馬遜原住民的住處。住著兩個相當大的家族。

徵得同意進屋一看，昏暗的土屋中央，有一口樸素的灶。別無其他。

男女都是典型的只圍一塊腰布。看似家長的老人，戴著綴有羽毛的頭飾。男人拿著吹箭工具，朝著遠處的樹幹吹箭，比手畫腳地建議我們也來試試。

這才是亞馬遜。

雖然付出昂貴的機票錢，但是果然沒有白來。我如是想。

圍繞我們的七、八名孩童，罹患熱帶性潰瘍，已讓耳朵爛到連耳垂的形狀都沒有。眼睛大概也有結膜炎，紅通通的。當然是光腳。這就是亞馬遜的現實情況。

我才剛重重點頭，孩子們便伸出手。

「給我香菸。」他們說。

我這才發現，男人以熟練的手勢正在抽Lucky Strike。

這時，我開始感到不對勁。這些人是特地為觀光客以領日薪的方式找來的，換言之是觀光用原住民。

「我這才想到，方才來到近處時，還聽到墨西哥音樂呢。」同行的澤地久枝小姐說。

其實，我也看到表演吹箭的樹幹上，掛著攜帶式收音機，但事事都習慣按自己希望去解釋的我，以為這些人是從哪兒撿來壞掉的收音機。

無論是摩洛哥或亞馬遜，在當今世界，所謂的祕境、罕見之地正逐漸消失。再加上觀光客是為了尋求二十年前、三十年前，不，甚至五十年前的印象來到這塊土地，自然會備感失望：

「根本找不到想像中的情景。」

用不著老遠出國，我在北海道也有同樣的經驗。

當時我從札幌獨自搭計程車去小樽，拜託司機帶我去有趣的地方看看。司機是個很親切的人，對當地也很熟，稍微繞路帶領我看了各式各樣的地方，但是每一處，都令我失望。

我想像的是古老傳統的成排民房，但聳立在北方海岸邊的，是或紅或藍的新建材屋頂。是異樣摩登、同一個模子的先建後售住宅。同樣的經驗，也在札幌街頭嘗到。

老實說很無趣，於是我把此事告訴某位來自北海道的作家，對方卻說：

「可是，居民因此不再受凍。至少，生活便利多了。他們不可能為了來參觀的外地人讓自己過著不便的生活吧。就是這麼回事。」

我認為他說得對極了。

我們總在旅行中強求找不到的東西。

追求傳統風貌。

那等於是強迫當地人過著三十年前、五十年前的不便生活。

我們自己享受文明的恩賜，住在冷暖空調俱全的屋子，生活在一堆方便的電器用品中，卻要求他人過著不便的生活，求之不得，便備感失望。

仔細想想，實在蠻橫。我開始感到愧疚。

來日本的外國人，至今嚷嚷著富士山、藝伎。這年頭，說這是什麼話。我惱怒地覺得這些人未免認識不足，但這樣的我們到了外國，也做出同樣的行為。

雖然如此反省，但最近去紐約時，我又犯了同樣的毛病。曼哈頓的超高層大樓，規模之大的確是日本東京難以比擬。

真厲害，沒地震的國家果然就是不一樣，我暗想，但也不過如此，真正令我印象深刻一再造訪的，是被稱為東村、西村和蘇活的地區。

五十年前的舊倉庫，現在古色古香，雖已荒廢，卻也自成一種風情。又可怕又淒涼、荒蕪——偏偏就是莫名的好。我覺得能夠在那裡住得很摩登的人非常了不起，就這麼回來了。

旅行中的無理強求，無法靠腦袋、靠理性控制，實在很傷腦筋。我如此反省，但今後肯定還是會抱著同樣的心情踏上旅程。

煤煙旅行

不知是真是假，我家祖母說：

「如果是天皇陛下搭乘的列車，司機會在窗口豎立蠟燭，練習在燭火不熄的情況下發車。」

跟我們一起搭火車時，空咚一聲，後座力震得脖子向後一彈，火車開動了。

「啊，今天沒有偉人搭車。」祖母說著對我們眨眨眼。

她上了車，把大手提袋放到頭頂的行李架後，接著取出手巾摺疊，罩在和服領口。這是為了防止煤煙弄髒領口。跟父親一起旅行時，他看了會斥責：

「別弄得像酒家小姐似的。」

所以祖母不會那樣做，但父親不在時她必然如此。拿手巾罩住領口的不只是祖母。以前搭乘火車旅行時，經常搞得到處髒兮兮。脖子、鼻孔、耳內也會弄得黑黑的。父親上過漿的筆挺襯衫，領口與袖口也在半日之後出現顯眼的污垢。一擤鼻子，還會擤出漆黑的鼻涕。

〈煙霧迷濛你的雙眼〉（Smoke Gets In Your Eyes）是傑洛姆・柯恩（Jerome Kern）的名曲。唱的似乎是香菸，但早年的火車旅行，煤煙也常常刺痛雙眼。火車進隧道前，會「啵—啵—啵—」大聲提醒要進去嘍。「你看，隧道到了，快關窗子。」

大人一起抬腰起身，慌忙關窗。如果關慢了，煙會飄進車內。火車的煙，有種鹹鹹的味道。這種時候，我的眼睛常進沙子。

說是煤渣太誇張，應是煤煙吧。比普通的沙子顆粒大，跑進眼裡相當痛。

「不能揉眼睛。忍一忍。」大人說著，叫我翻白眼。父親與母親把白手帕的邊緣捏成三角形，用口水弄濕，替我取出眼皮裡面沾的沙子。

「親親呸呸的呸！」這句咒語隨後跟來。

雖除去一大疼痛，但還有點異物之感。我一邊覺得不自在，一邊對著窗子重新坐好，把一顆森永牛奶糖丟進嘴裡。牛奶糖向來是一盒五錢十顆裝，坐火車時特別破例，大人會買二十顆裝十錢的給我。

天使商標的森永牛奶糖，不久前據說推出復刻版（這麼說很可笑），是昔日令人懷念的包裝與口味。友人神祕兮兮地分給我一盒。放入嘴裡，果然是以前的味道。

我脫下鞋子，對著窗口坐著眺望。睽違已久地想起「不停向後飛呀飛」*的田地及茅草屋頂的農家。

以前的火車讓我想起的，還有埋在地上的金色痰盂。好像是痰盂兼菸灰缸兼小垃圾桶，塞滿了菸蒂和橘子皮。現在已完全看不到，我自己寫劇本的電視劇

《阿哞》重現這一幕時，為了向年輕的道具師說明這玩意，搞得我滿頭大汗。

連接車廂之間的連結器，對我來說也是刺激的場所。

經過那裡時，不知為何總是晃得特別厲害。呈蛇腹狀的遮篷部分側邊時有破損。若是夜行火車，從那裡可窺見夜色，夜色之中，車外風景及紅光明滅不定地逝去。

可以切實感到，現在，火車正以驚人的高速駛過鐵軌。我記得當時明明有種幾乎被倏然吸入底下的恐懼，卻又很想在那裡再多站一會兒。

以前的火車之旅，很耗時。

我念小學時，那應是昭和十二、三年吧，從東京至鹿兒島的旅程歷時二十八小時。

有生以來第一次睡二等臥鋪，在餐車吃定食。睡覺吃飯之間，火車仍在繼續行駛，令幼小的心靈深感不可思議。

抵達鹿兒島車站時，一家七口已累壞了。洋服與和服都皺巴巴，滿臉髒污，甚至懶得開口。

在新幹線月台看到的當今旅客，與昔日相較，顯得精神蓬勃。也有人穿白色西裝。我心想，若是早年早已變得烏漆抹黑，與煤煙無緣的現代之旅還真是方便

＊出自童謠《火車》的歌詞。

啊，同時卻也如同懷念森永牛奶糖的甘甜般，驀然憶起往昔的火車之旅。在那種畫面中的我，留著妹妹頭，穿著鼠灰色的天鵝絨衣服，腳上是黑色漆皮鞋子。是個瘦巴巴唯有眼睛特別大的女孩。

羊橫巷

第一次走進羊橫巷時，老實說我嚇壞了。

集市（有些地方好像也稱之為巴扎）蜿蜒曲折的市場小巷，有一兩條全都是賣羊的店。

有些店只賣肉。有的店只賣內臟。也有的店只賣胃或腸。有的只賣毛皮，只賣腳蹄。好像各有專門店。

專賣肉的店裡，血淋淋看似剛宰殺的羊頭，十幾二十個排放在板上，面朝這邊。

勉強可容二人通行的小巷，瀰漫羊臊味。腳邊散落著羊的皮毛，不知是沖洗羊血的水或是血，弄得地面濕濕滑滑很容易摔跤。

突尼西亞，阿爾及利亞，摩洛哥。我在這塊號稱西北非三國的地方旅行了半個月，印象最深的，就是這條羊橫巷。

嚴格說來我很怕羊。

Wool，也就是羊毛，我很喜歡，還說果然比化纖好；但羊肉，不論是氣息或味道，我都不太敢領教。

頂多只有以前去滑雪時，在藏王吃到的羊肉蒙古火鍋還滿好吃的，其他幾乎都是避之唯恐不及的四壞球直接保送。

但是，西北非三國之旅讓我無法再說那種話。

我發現羊肉原來也有好有壞。

有的柔軟、噴香，經過香料醃漬，令人忍不住出手。大概算是一種烤肉，用形似短劍的銀籤串上羊肉燒烤，散發出小茴香籽的香氣，分量十足的肉塊也能吃個精光。

記得是在摩洛哥的奇納希爾或是艾佛德吧。用餐時間走進附近小飯店的餐廳，後院正在燒垃圾。垃圾當中可能夾雜骯髒的舊衣，散發出燒指甲與頭髮那種不太好聞的氣味。

「犯不著在用餐時間燒垃圾吧。」

我一邊抱怨一邊就座，搞了半天不是在燒垃圾，原來是在烤我們要吃的羊。這時吃到的烤羊肉，肉質很硬，臊味也很重，即便澆上寶貴的醬油還是難以下嚥。

這種經驗多了，我漸漸習慣羊臊味與味道了。

本來得撇開臉捏鼻子行經的羊橫巷，也開始覺得有趣。看似骯髒的東西，如今顯得鮮活有勁。

這看起來就很好吃，一定是上等部位吧；這隻羊好像老了，肉大概很硬——

我也開始懂得區分了。

羊頭，也排放在餐廳的玻璃櫃中。剝了皮露出紅肉，嘴裡叼著月桂葉，一臉茫然。我沒機會吃羊頭，但這好像是昂貴的珍饈。大概跟我們日本人吃烤鯛魚頭一樣。

我費了十天才習慣羊橫巷，但抵達當天就覺得好吃的，是橙子與蛋。

在突尼斯城郊的水果店，我花了相當於日幣五百圓的價錢，買了橙子。約有嬰兒頭那麼大，整整十二顆。請店主裝進大袋子，分給旅行團十人。

有人把橙子一分為二，香甜的氣味頓時瀰漫巴士。一口咬下，橙色的汁液滴到巴士地板上。西北非的橙子，據說占了巴黎的數成，是很重要的出口商品。

蛋的形狀不太好看。有很圓的，也有像雞產似的長橢圓形。不過，風味絕佳。有以前吃的那種古早雞蛋味。

越過阿特拉斯山脈的摩洛哥小鎮上，一行人要去撒哈拉沙漠看日出。飯店準備的早餐是鹹麵包與水煮蛋。期待中的撒哈拉沙漠的日出，因為難得下起雨，未能看到，但蘸著岩鹽吃的水煮蛋之美味，至今仍念念難忘地留在舌尖。說到這裡，雞蛋的媽媽，有道拿各種香料與檸檬、橄欖與雞肉一同蒸烤的陶鍋燉菜，味道也很棒。

我與絲路

第一次觸摸絲絹，記得是在小學一、二年級。絲絹閃閃發光。

小小年紀起碼已懂得它看似冰冷、高雅、成熟、驕慢（當時自然還不知道這種字眼），晚上看起來比白天更美麗。

最重要的是觸感不同。

滑滑的，就像附近毛色最光亮的貓咪的背。雖是布料卻有點油脂之感，和天鵝絨的觸感也不同，令年幼的我心跳加快。

祖母與母親過敏的手碰觸絲綢衣物時，會沙沙作響。我記得當時心裡還在想，過敏比較適合棉布，絲絹是另一個世界的東西啊。

得知絲來自蠶是在兩年後。小小年紀就得了肺病，為了療養，我在現已沉入水庫的奧多摩小河內村度過一個夏天。

旅舍與旅舍之間，有蓄著溫泉的湯池，那裡有某種白白圓圓的東西一邊轉圈一邊煮。那就是繭。這時我才知道絲綢是怎麼做出來的。蠶吐出發亮的白絲，形成一個小小的城堡，犧牲己身留下絲綢。

邂逅絲路這個名詞，又是數年後。我想大概是太平洋戰爭之後的事。聽到絲路之所以震撼、心有所感，或許就是因為這兩段記憶。

我恨不得能早一天前往。

但是就像吃幕內便當時，我會垂涎三尺地把最愛吃、最美味的東西留到最後。就像要欺負自己渴望前去的心情般，我故意去了別的地方。

五年前我大病一場。

想到萬一餘命不久，最想去的地方大概是絲路，於是我帶了三、四本與絲路有關的書住院。

看了篠山紀信先生拍攝的絲路照片後，產生兩種矛盾的心情。

一方面渴望看到更多，同時卻又不想看這麼多。

雖然高唱想去、想看的題目，卻因生活所限遲遲無法啟程。至少先觀賞一下照片幻想自己已經去過了。

但是，另一種心情是，如果看了太多照片，我怕改日真的去了或許會失望。

在優秀攝影師的眼中，山川沙漠，全都有好顏色。數千年前，它們就是這番模樣。彷彿這些沒有生命的物體回想起連自己都已忘記、沉睡在時光中的色彩、光線、形貌，在篠山先生的面前，倏然展現。

篠山先生的臉，就這樣成了橫置的雙眼相機。被他的眼珠子一瞪，風與氣息恐怕都會為之惶恐，中了催眠術。

再過幾年，我應該會去絲路吧。但是，在那裡邂逅的，絕非篠山先生讓我看見的絲路。

歷史是無情的。

景色也對旅人冷漠。

下雨天是雨的臉。

颳風日是風的聲。

沙塵暴的日子，佛臉肯定也是臭的。

對於我等凡夫俗子，絲路絕對不會敞開胸懷訴說歷史。

我很清楚這點，所以現在我只能對著篠山絲路嘆息。

前面寫道好顏色，但那絕非盛裝出場的臉。

那是抹去白粉，人性的素顏。

有斑點，也有痘疤。也有慘不忍睹的一面。但是，很美、很性感、很淒厲。

飽覽篠山絲路後，過個幾年，等那些消化了，我再啟程吧。

不知得用幾年消化，看樣子將是很久之後的事。

沖繩胃袋旅行

小時候記得吃過「橘餅」這種點心，是父親帶回來的沖繩土產。

小學四年級起，我在鹿兒島住了兩年。當時擔任保險公司分店長的父親每三個月會去沖繩出差一次。中日戰爭那時正式開打，因此還沒有民間飛機。是搭船。嘮叨的父親一週不在家，令我們很開心可以暫時解放，再加上對伴手禮的期待，幾個小孩都翹首等待父親的沖繩之行。

木瓜及生鳳梨的味道，也是這時嘗到的。我偷偷在院子埋下木瓜的種子，每天去看，但終究沒有發芽。

朱紅色的沖繩塗漆扁盒及茶櫃也是這時來到我家。記得當時聽父親說漆料中摻了豬血（不知是真是假），我還把鼻子貼近嗅聞。它和輪島漆器及春慶漆器截然不同，只要見過一次便永難忘懷，有種驚心動魄的妖異美感。

點心方面，有很多黑糖製品及冬瓜糖之類的罕見食品，但我對「橘餅」情有獨鍾。形狀是扁平的大饅頭，周圍撒了白糖，內餡是切碎的糖漬水果。甜得要命又有點微苦。大人說小孩吃太多會流鼻血，一次只肯給我一塊切成一公分左右的薄片。無論巧克力或「橘餅」，只要是昂貴的點心大人都說吃多了會流鼻血。也許是不讓我們多吃的小心機。「橘餅」在我離開鹿兒島後，中間又經歷戰爭，化為遙遠回憶已近四十年。如今聽到沖繩二字怦然心動，就是因為想到也許能吃到「橘餅」。

過去我也曾託去沖繩的友人代購，但皆因「找不到」的理由而落空。

沖繩人稱我們為「本土人」。對於來自本土，而且是東京的人而言，沖繩的天空與大海驚人的蔚藍、耀眼，簡直如同遭到白刃戳刺。三十六年前，此地是真的代替本土流過血，現在我卻傻呵呵地只為了吃東西老遠跑來，大概連我自己都有點心虛吧。

強烈的陽光。火紅的莿桐花。那霸街頭雖已是現代化大樓林立，但處處仍可見到傳統紅瓦白漆的屋頂上坐鎮辟邪獅子的房屋。獅子長得很醜，但仔細看還挺可愛的。

沖繩料理的名店「美榮」也是保有古老琉球風情的料亭。

高雅。洗練。排除一切多餘裝飾的和室，放著插了一枝花的花瓶。強烈透明的泡盛酒。套餐從裝在可收入掌心的帶蓋小缽中的前菜開始。

・豆腐肴

沖繩起司。把豆腐用泡盛酒、米麴汁浸泡的焦茶色小片，味道濃郁極美。

・中身吸物

透明的湯菜中沉著淺黃色皮繩似的東西。在淡薄之中又有嚼勁。得知這是豬腸我又吃一驚。

・東道盆

發音為「TOUNDABUN」。

朱漆沉金的豪華六角盆裝的前菜。掀開蓋子，裡面分成七格，裝著色彩鮮豔的冷盤。美麗得令人捨不得吃掉。

中央是花魷魚。蒙古魷魚燙熟後，用菜刀切成馬或螃蟹的形狀，邊緣染紅。旗魚昆布卷。

放有酸菜的綠色魚板。

放有胡蘿蔔的炸魚板。

薄煎麵皮卷豬肉味噌。

爽口的與油膩的、濃郁的、甜的、有咬勁的小菜各裝一口，而且，這個東道盆可以旋轉。這是沖繩料理的前奏曲。

・米奴達魯

豬肉片裹上黑芝麻後蒸熟。

・地瓜安達寄

正統發音是「嗯姆庫吉安達寄」。「安達寄」是指油炸物。把地瓜蒸熟後，裹上地瓜粉製成。趁熱大口咬下淺紫色地瓜，樸實的甜味瀰漫口腔。

‧地漬白蘿蔔

用當地酒醃漬白蘿蔔，是最好的下酒菜。我很想再來一份，勉強忍住。

‧炸田芋

外脆內軟。

‧地豆豆腐

發音為吉麻米豆腐。地豆是指花生。比芝麻豆腐白，質地更細，風味濃厚，口感絕妙。

‧昆布伊里奇

「伊里奇」是指炒。昆布與豬肉一起炒，昆布會吸收豬的油脂，二者意外投合。沖繩人常用昆布。

‧多魯煮

把田芋用豬高湯和豬油煮至爛。外觀雖不美但味道極佳。

‧生耳皮

「耳皮」是豬耳朵。外觀與海蜇一模一樣。口感爽脆是最好的清口小菜。

‧拉夫泰

沖繩式紅燒肉。選用脂肪多的豬三層肉（五花肉），用糖、醬油、泡盛酒慢火燉煮。煮至入口即化，味道意外清淡。

•豬飯

發音為「冬夫安」。把豬肉煮熟剁碎，拌入香菇做成乾拌飯。效法茶泡飯，以豬肉和柴魚拌飯後澆上高湯進食。即使已吃飽還是神奇地吃得下。

•木瓜米糠漬

•粉圓甜點

蜂蜜底層鋪著Q彈的冰粉圓。

•茉莉花茶

套餐到此結束。謝謝招待。

沖繩菜大別為兩種。

一是宮廷菜，另一種是每天餐桌上的庶民菜。我在「美榮」吃的大餐如果每天吃大概會破產，所以說來理所當然。

至於宮廷菜，既非日本料理，可也不是中國菜。老實說比較像是兩國的混血兒，歷史也證明了這點。

沖繩的前身琉球在十七世紀初遭到薩摩侵略。從此那霸有了薩摩藩的官衙。為了接待那裡的官差，獻上合口的料理，琉球廚師只好去薩摩進修，習得日本料理歸來。

另一點，據說是冊封使的影響。冊封使這個名詞聽來陌生，指的是琉球國王每次換人時，中國皇帝派來祝賀的使者。這些使者據說一次就來個四、五百人，負責迎接的這廂肯定忙壞了。為了招待這群人，琉球廚師只好再次前往中國習藝。

此舉一直持續到明治維新，想必促成了款待遠客的中日混血、色彩美麗的琉球料理日漸發達。

沖繩料理的主角是豬肉與芋頭。

只要去那霸市內平和街深處的公設市場一瞧，便會發現。

賣肉的地方幾乎都被豬占領。

豬血百圓，豬耳朵兩百圓，一隻豬腳一千六百圓。一字排開的桃紅色肉塊中，豬腳宛如一起大跳大腿舞。

客人以慎重的手勢挑選，選好後說聲「我要這個」，店員（幾乎都是女性）便把豬腳放在用足可一人環抱的大樹砍下一公尺長做成長鼓般的中國砧板上，拿起宛如大鎚的菜刀，咚咚咚地砍骨頭。

起初，我嚇了一跳，但伴隨快活的笑聲到處傳來咚咚聲，我也漸漸習慣了，連我也跟著心情豪邁。我心想不如也買一隻豬腳，背一罈泡盛酒回去，試做「燉豬腳」吧。坦白講，起初的確很驚訝，但就連兩腿規矩併攏出售的豬腳蹄都漸漸愈看愈美味，實在不可思議。

這裡也賣山羊肉。只要餵草就會自己長大的山羊被稱為「席稼」，是庶民的大餐。現在屋外也正有一場全羊宴，當場烹調出羊血、生羊肉、鼠麴草羊肉湯，據說此地人十分看重這類強精活血的料理。

魚的方面，有沖繩縣魚雙帶烏尾冬（是一種紅紅的很漂亮的魚）、武鯛、雀鯛、國王竹莢魚、魷魚。排列在一起彷彿色彩鮮豔的熱帶魚。至於價錢，旗魚六百克九百圓。若是距離近一點，這麼便宜的價錢真想買回家。

蔬菜也很漂亮。青椒的巨大、厚實令人嘆為觀止，茄子之大，生薑、大蒜的漂亮也令人驚嘆。苦瓜、絲瓜和鼠麴草，在東京難得一見，但在沖繩料理中似乎不可或缺，每家青果店必然皆有。

豆腐之硬也令我嚇了一跳。

我一直以為豆腐就該是又白又軟，但沖繩的，卻又黑又硬。

「一頭撞豆腐角死掉算了。」

這是江戶人慣用的台詞，在此地卻行不通。

我瀏覽乾貨區，映入眼簾的，是柴魚與昆布。生柴魚很香，也很便宜。啊啊，真想買回家。沖繩料理常用昆布，據本地人說，可能是因為以前與松前藩一帶交易，被對方硬塞來昆布。

昆布旁邊，還有稀罕物。

黑黑長長乾乾的，像昆布卻多了昆布沒有的花紋。也很厚實——這麼一想，才發現這是燻製「伊拉布」，也就是「永良部海鰻」——海蛇。也有捲成一團的。

把它拿來與昆布、豬腳一起慢火熬煮三天的湯汁，就成了「伊拉布煎汁」，被視為極有營養的昂貴料理，據說一般庶民難得有機會吃到。沒元氣卻有勇氣的人，務必一試。我兩者都沒有也沒機會，無法一試。

說到市場，雖與胃袋無關，但非提牧志東公設市場不可。

巨大的市場內，全部都是紡織方面的店。沒有隔間的上百間小店，有洋服店、和服店、內衣、制服，五花八門什麼都有。而且坐在店裡的，清一色是女老闆。

也有年輕人，但幾乎都是四十幾至七十幾歲。戰後的黑市一直保存下來，後來改建組合屋，以同樣形式持續至今。女老闆的身分有戰爭寡婦、假寡婦（老姑婆）、真寡婦，雖是同行卻感情融洽，領頭者威令風行，婚喪喜慶的來往自不用說，去方便時隔壁的店家也會幫忙看店。這種同儕意識，似乎是沖繩島民共有的。

每間小店都只有三張榻榻米大，由一名女店主坐鎮，但她們的政治力與經濟力不容小覷。就連那霸市的市長選舉也是，據說若無這群歐巴桑支持難以當選，十分厲害。

也許是聽了這些才去逛，總覺得大家看起來都很厲害。體格魁梧，粗如松根的手臂正在捲布，儼然女中豪傑。

我想起肯亞的首都奈洛比，執市場牛耳的同樣是被稱為市場媽咪的一群女性，體格壯如偉男子（？），很想讓她們和相撲大關高見山一決高下。我記得曾聽說她們對於總統選舉也有莫大的發言力。

巧克力色的市場媽咪固然快活，沖繩的媽咪也很開朗。愛說又愛笑。跟著收音機的演歌搖擺身體，打開巨大的便當盒，在非用餐時段照樣展現旺盛的食欲。

支撐這種活力的是什麼呢？我開始對沖繩人平日的餐飲好奇。

驅車行過街頭，「沖繩麵」的招牌很醒目。我走進其中一家「櫻屋」。位於首里的住宅區看似普通民宅的小巧店面，賣的卻是罕見的手擀麵。

戰前，說到食堂，指的就是麵店。這是老百姓最熟悉的外食，但幾乎都是機器切麵，據說難得有手工製麵。該說是生的瓢乾嗎？很像皮繩。淺黃色的咬勁十足。柴魚片及豬肉熬出的透明湯頭，加入魚板和豬肉，大碗三百圓，小碗兩百圓。把餐桌上放有辣椒與泡盛的調味汁少量加入麵裡，風味爽口美味。移民祕魯的家庭，返鄉立刻先來這間店報到，不勝緬懷地吃麵條。

說到辻町，以前以高格調的花街遊廓聞名。放眼皆是酒吧與餐飲店，其中以美味著稱的是「夕顏」，這家的「燉豬腳」與「炒麵線」尤其令人感動。

帶骨切塊的豬腳汆燙後，以柴魚、味醂、醬油燉煮四十個小時，看到煮成濃稠糖飴色的豬腳堆在大缽裡熱氣蒸騰，光是這樣便已精神一振。

別提有多軟了。Q彈的膠質，完全不用咬，軟得自動在舌上融化只剩下骨頭。看似油膩卻一點也不油，味道濃郁又清爽，好吃得只能用玄妙來形容。

這裡的女店主，一身沖繩風味的髮型、衣裳。人長得美又親切，是個秀色可餐的人物，我一邊默默斜眼鑑賞此人，當下吃掉三塊燉豬腳。

「炒麵線」就是用麵線炒菜。我很愛吃這個，自己也常做，但麵線往往結球黏成一團。可這裡的麵線卻條條分明，風味爽口絕妙。我向女店主請教訣竅。

麵線要先煮至半熟，下鍋拌炒前滴少許沙拉油。這就是不會沾黏的祕訣。一問之下其實沒啥學問，但這就是所謂哥倫布的雞蛋。

熱鍋後，不放油直接下蔬菜，大概也是祕訣之一。蔬菜有水分不會炒焦。這時放入炒蛋與蔥，加入麵線以鹽調味，撒上柴魚端上桌。很適合當作午餐或簡單的宵夜。

愛酒的人也許可以去「烏里珍」。

這是有四十八種泡盛的民藝風格酒館。「烏里珍」聽來優美，意思據說是「樹木發芽的二、三月時節」。

小巧的店面直接使用沖繩舊民居，從大甕以柄杓汲酒後裝在「喀拉喀拉」（小酒壺）端來。入喉一陣燒灼。想必是消暑聖品。

愛甜食的人，我推薦「沙塔安達寄」。意思是炸糖果子。可以視為沖繩版的甜甜圈，要炸成鬱金香狀是有訣竅的。據說這個做得好吃是出嫁的資格之一。另外，還有外形很像炮炮[1]的煎餅。摻有黑糖的煎麵餅。染成紅色撒有花生的中國式蒸蛋糕「雞卵糕」也不錯。

雖說是美食之旅，但總不能光靠舌頭與嘴巴走路。眼與耳也會發揮功用，所以自然有各種東西映入眼簾。

我最驚訝的是，和房子比起來，墳墓又大又氣派。有些墓別說是養兔子了，連人都能住。

如果有錢，此地人先蓋的不是房子而是墓。這樣才會被視為成年男人，得到社會的信用。墳墓據說也可作為擔保物件。

從墳墓的例子也可想見，此地崇拜祖先的風氣很盛。祭祀祖先的節慶終年常有，其中清明節用的點心會露天販賣。

這種風氣，也在有上下階級的縱向社會顯現。公司不論等級。對於年長者，即便是部下也要用敬語尊稱。

沖繩人嚴格說來害羞內向，很怕生。一旦混熟了，非常親切，人情味和他們的眉毛一樣濃。我甚至懷疑屋頂上的獅子是以沖繩男人為模特兒。

---

1 炮炮（pawpaw），俗稱巴婆，一種溫帶落葉木，果實呈橢圓形。這裡指煎薄麵餅後抹上油味噌或調味醬捲起的一種沖繩料理。

意外的是，幾乎見不到美國士兵。傍晚，在市區大街走了二十分鐘，只遇見一個穿夏威夷衫的年輕人。

「到了週末才會出現。等天色再暗一點會有少許出現。」當導遊的男性，像在說螢火蟲似的，聽來很好笑。

美軍基地所在的沖繩市（以前的胡差市）我也去了，也許是因為美元貶值，金髮碧眼的小夥子個個垂頭喪氣，駕駛日本人淘汰的中古車，在立食漢堡的攤前排隊。

有陣子很熱鬧的BC街（酒吧與舞廳街）也沒落了。到此地步費了三十六年。

沖繩料理中，找不到日本料理的纖細與陰影。沒有法國菜的奢華與風雅，也沒有中國菜的絢爛。有的只是把整頭豬從頭到腳、一滴血也不浪費地吃下肚餬口的篤實。具有營養重於外觀的合理性。與藍天碧海的色彩相映成彰。宛如紅型[2]花紋的顏色染在食物上，是妝點餐桌的生活智慧。

姬百合塔。摩文仁的山丘，至今遊人不絕。數千名日本軍和民間人士當作最後碉堡一再進行殊死戰的海軍司令部壕，仍有發掘的餘地。至今耕田時，偶爾還會挖出白骨。沖繩雖已回歸本土，仍留有戰爭的尾巴。

比想像中更好吃的沖繩食物令我嘖嘖稱奇之際，不知從哪傳來軍歌〈出海吧〉。我們這一代就是這樣。即使胃填飽了，仍有心虛與歉疚如鯁在喉。

「畢竟吃得多才會做得多嘛。人就是得吃。」

唇泛油光豪邁地啃骨頭，向我們推薦燉豬腳的沖繩人說的話讓我稍感輕鬆，我也不甘示弱地大快朵頤。

山也遭到破壞幾乎鏟平，人也死了，但倖存的人，仍舊老實不客氣地吃東西，找樂子，長長久久地活下去。人生在世大概就是這麼一回事吧。

說到這裡，我找了很久的「橘餅」，未在任何名店街發現。問店員也只得到「不知道」的答覆。是我記錯了嗎？我落寞地想，從市場離開時，卻從計程車的窗口發現「橘餅」二字。我連忙請司機停車，衝進小巧的點心店。裹著雪白糖衣。一模一樣。體格壯碩年約五十上下的歐巴桑剛睡完午覺。「現在說不定只有我們家做橘餅了。」她邊說邊替我裝進樸實的紙盒。

等不及回旅館，我在計程車上就打開，掰下一角試吃。甜得要命又帶點微苦。和以前一樣的味道。四十年的歲月霎時消失，我又重回那個與弟妹圍在年輕的父親身邊瞪大雙眼，等待褐色皮箱像變魔術一樣出現沖繩土產的十二歲女孩。「橘餅」，成了我這趟沖繩胃袋旅行的最佳甜點。

2　紅型是沖繩最具代表性的傳統染色技法。

大學藝運動會

對於沒有故鄉的人而言，再沒有比鄉土表演更令人嫉妒。彷彿證明了自己是無根草，遂以冰冷的視線把頭一撇，故意不看那個過日子。

不料，我在機緣巧合下加入了阿波舞的團體。

替我著裝的，是鷹匠町的日本料亭「初波菜」的大姊們。她們圍繞著這把年紀還沒穿過和服，僵硬呆立如鱈魚乾的我，七嘴八舌爭論著需不需要吸汗的襦袢。還把自己的小配件借給我，好讓我盡可能跳得靈活一點。果如傳言所說，是熱情又大方的阿波女子。

稍微練習之後，前進紺屋町的演舞場。等待出場的推擠簇擁及事到臨頭的不安。每張臉孔都激動得泛紅。感覺就像集體闖入運動會及學藝會。

我混在「新吞氣連」的隊伍，臨時加入有生以來第一次跳的阿波舞。我連盆舞都沒跳過，因此是名副其實的初體驗。我模仿眼前女人的舞步，之後已渾然忘我。「唷嘻」的二拍子。兩側臨時搭建的觀眾席閃爍燈光，彷彿置身在巨大的捕蠅籠中。

尷尬只在瞬間。不可思議的醉意湧現，截稿日期和稅金問題，全都消失了。

我從不知道跳舞如此美妙。一瞬間，我切實感到自己分享了他們的故鄉。我擦擦汗，這次退到觀眾席上觀賞。

男性舞步的英勇與輕快令人看得痴迷。只要一步之差便會流於猥瑣，能夠跳得高雅又性感，想必還是傳統所致。

女人的舞步，則是舉世罕見的前衛風格。十根雪白手指宛如朝著黑暗夜空綻放花苞般擺動。綴有紅鞋帶的黑漆木屐與白色襪套，適度地刻畫節奏。臉孔被竹笠遮住只能隱約窺見一二。

就連嘉年華會展現的半裸肉體美，也沒有這麼飽含蘊意的動作。想必再也找不出如此「不給人看」的舞蹈了。可同時，卻又清新可喜，風情十足。是靜亦是動。雖然內斂，又很活潑。跳著舞，大家都看似俊男美女。即便一夜過後的現在，耳朵深處猶能聽見那撩人的二拍子。

原載一覽表

女人的食指　——《週刊文春》昭和五十六年六月四日號至九月三日號

電視劇

愁煞編劇　——《婦人公論》昭和四十六年十月號
家庭劇的謊言　——《婦人公論》昭和四十九年九月號
電視劇的客廳　——《打造家》昭和四十九年十月號
命名者　——《銀座百點》昭和五十年十月號
家族熱　——《婦人公論》昭和五十三年八月號
胃袋　——《放送作家新聞》昭和五十四年二月號
從一杯咖啡開始　——《*Drama*》昭和五十四年八月號
夢露、安保、斯搭拉歌謠——《人間・平凡出版三十五年史》昭和五十五年十月
打招呼　——《赤旗週日版》〈幕間〉昭和五十一年四至九月

食物

廚師志願　——《營養與料理》昭和四十四年八月號
心有所期……——《Madam》昭和五十一年十二月號
細膩的野草滋味——《Sunday每日》昭和五十三年五月七日號
「飯屋」繁盛記——《Mrs.》昭和五十三年十一月號
母親教的飲酒之道——《簡單・下酒菜一〇〇》昭和五十六年十月

旅

二十八天環球饕客之旅——《相鐵通信》昭和四十七年六月號
我的非洲初體驗——《牛角麵包》昭和五十四年十二月十日號
在人形町尋訪江戶遺風——《Mrs.》昭和五十二年六月號
請勿凹凸亂寫——《旅》昭和五十四年十月號
看對眼——《The骨董》第三集　昭和五十五年四月
漫步揖斐山村——《旅》昭和五十五年七月號
摩洛哥市場——《旅》昭和五十五年十月號
無理強求——《Young Mates》昭和五十六年三月號

煤煙旅行——《日本的蒸汽機關車・西日本篇》昭和五十六年三月
羊横巷——《中東新聞》昭和五十六年春季號〈四月〉
我與絲路——《篠山紀信絲路照片展・簡介》昭和五十六年五月
沖繩胃袋旅行——《旅》昭和五十六年七月號
大學藝運動會——《德島新聞》昭和五十六年八月十四日

國家圖書館出版品預行編目資料

女人的食指／向田邦子作；劉子倩譯. -- 二版. -- 臺北市：麥田出版：家庭傳媒城邦分公司發行, 2021.05
面；　公分. --（和風文庫；13）
ISBN 978-986-344-898-3（平裝）

861.67　　110001724

ISBN 978-986-344-898-3
Printed in Taiwan.

和風文庫 13

女人的食指

作者｜向田邦子
譯者｜劉子倩
封面設計｜蕭旭芳

編輯總監｜劉麗真
事業群總經理｜謝至平
發行人｜何飛鵬
出版｜麥田出版
115台北市南港區昆陽街16號4樓
電話：(02) 2500-0888
傳真：(02) 2500-1951
部落格：http://ryefield.pixnet.net
發行｜英屬蓋曼群島商家庭傳媒股份有限公司城邦分公司
115台北市南港區昆陽街16號8樓
網址：http://www.cite.com.tw
客服專線：(02) 2500-7718｜2500-7719
24小時傳真專線：(02) 2500-1990｜2500-1991
服務時間：週一至週五09:30-12:00｜13:30-17:00
劃撥帳號：19863813　戶名：書虫股份有限公司
讀者服務信箱：service@readingclub.com.tw
香港發行所｜城邦（香港）出版集團有限公司
地址：香港九龍土瓜灣土瓜灣道86號順聯工業大廈6樓A室
電話：+852-2508-6231
傳真：+852-2578-9337
馬新發行所｜城邦（馬新）出版集團 Cite (M) Sdn Bhd
地址：41, Jalan Radin Anum, Bandar Baru Seri Petaling, 57000 Kuala Lumpur, Malaysia.
電話：(603) 90563833
傳真：(603) 90576622
電郵：services@cite.my

印刷｜中原造像股份有限公司
初版一刷｜2014年1月
二版二刷｜2024年9月
定價｜300元